CW00920654

CONTENTS

E. SAVARINO

la CoquilleBleue

ROMAN

... à mes amis

Ni rire, ni pleurer, mais comprendre.

SPINOZA

DEUX DÉCENNIES
PLUS TÔT

juillet 2009

L e ferme porte avait couiné, comme un dernier adieu. Déprimé, abandonnant son appartement, Stéphane avait baissé les yeux et fixé la clef, cette clef usée, polie à force de faire tourner le barillet depuis si longtemps. Au clac de la serrure il avait refermé sa boîte de Pandore.

A jamais.

Un bouquet de fleurs comme seul bagage il avait descendu d'un pas lourd les marches conduisant jusqu'au parking pour prendre sa voiture. Il avait guetté le moindre mouvement, souhaitant ne rencontrer personne. Convaincu, décidé, ce serait son dernier voyage.

Puis il avait roulé sans arrêt depuis Rodez, un peu comme un zombie. Tout à ses pensées meurtries, il avait traversé les villes, les villages mais n'aurait pu se rappeler les routes qu'il avait empruntées. Ayant passé Millau, il avait prit la direction de Nant puis avait bifurqué à La Roque. La départementale en encorbellement montait au milieu des buis jusqu'à Saint-André. Au dessus, se dégageaient les rochers de Montpellier le Vieux, toujours aussi énigmatiques.

En apercevant le clocher du village, les souvenirs lui revenaient, tous les souvenirs... Au cimetière il déposa son bouquet de fleur.

Il fit le tour de Saint-André. Depuis le temps, quelques fermettes caussenardes avaient été restaurées et de nombreuses maisons contemporaines avaient surgit çà et là... mais les mâchoires serrées, les mains crispées sur le volant de son Avantime, plus rien ne lui importait.

Huit jours plus-tôt, son fils avait parfaitement assuré la cérémonie. Quelques petits mots d'affection et d'amitié l'avaient fortement ému et avec lui, la famille, les amis, les connaissances présentes à la crémation. Plus tard, en remettant l'urne au préposé des pompes funèbres positionné à l'intérieur du caveau, ses yeux s'étaient embués et un sanglot l'avait submergé. Il avait craqué, Adrien et Michelle, Jean, les amis de toujours, l'avaient entouré, calmé, consolé. Les condoléances, les derniers mots avaient suivi.

Il reprit la route en direction de Millau, vers le canyon de la Dourbie jetant un regard douloureux sur le site de Roques-Altes.

Il avait baissé la vitre, la chaleur encore écrasante de milieu d'après-midi avait envahit l'habitacle et la cymbalisation des cigales couvrait presque le bruit du moteur.

Dévasté, affrontant la solitude dans laquelle

l'avait laissé le décès de Line. Des années d'ignominie puis « le crabe » qui l'avait rattrapée, mutilée, laminée et lui avec...

Il accéléra. Il pensait qu'il pouvait le faire, se jeter dans le vide, tirer un trait.

Il ALLAIT le faire.

Dans le dernier virage, les pneus crissèrent mais il tenait bon le volant. Il eu juste le temps d'apercevoir un groupe de marcheurs remontant un sentier sur son côté gauche. Une jeune fille coiffée d'un chapeau de paille, sac au dos s'était retournée, ébahie, surprise de voir déboucher une auto à si vive allure.

La voiture continuait sa descente folle, Stéphane se sentait des ailes, vivant cet instant comme en apesanteur, au ralenti. Plus rien ne l'arrêterait avant le dernier virage, il irait au bout, il se jetterait dans le canyon.

Les gravillons chassés par les roues, giclaient dans les herbes sèches de ce mois d'août, il accéléra encore, l'automobile sursauta à nouveau, collant au siège la détermination de son chauffeur. Les yeux fixés sur sa cible invisible.

Mais il avait encore en tête le visage de cette randonneuse, il l'associa subitement à celui de Marion, sa petite fille. Puis défilèrent ceux de sa chère Line disparue, de ses fils, de ses amis.

Il écrasa la pédale de frein.

NOOOON !

Son thorax bascula vers l'avant - il avait volontairement omis de mettre la ceinture de sécurité - s'arque-boutant, il essaya de maintenir la trajectoire malgré le macadam gravillonné.

Il vit se rapprocher le précipice.

Au-dessous, la Dourbie s'écoulait, doucement.

Encore un coup de volant, un freinage appuyé.

Mais le bolide n'en faisait qu'à sa tête.

Elle avait mordu le bas-côté, décapitant maintenant les buis rachitiques qui maintenaient l'empierrement. Elle quitta carrément la route, fauchant les derniers chênes rabougris. Tout effort semblait inutile pour la retenir mais Stéphane secoué par les ornières du talus réussit dans un sursaut de rage à écraser encore la pédale de frein.

Enfin... Elle voulu bien s'immobiliser dans un ultime dérapage, entraînant les dernières pierres de l'accotement fragile. Elle gisait ainsi là, en position instable, fortement inclinée.

Au dessous, la rivière s'écoulait, doucement. Les cigales s'étaient tues.

Il ne sentait plus rien, n'entendait plus rien ! Il ne ressentait plus rien.

Dix secondes s'écoulèrent : il posa son front sur les bras entourant le volant pris de tremblements spasmodiques.

Sur cette même route Pierre et Sarah rentraient de Millau tranquillement. Une simple casquette, un foulard les protégeant du soleil, ils respiraient cette liberté que seules les décapotables peuvent prodiguer. Pierre se tourna vers Sarah et lui sourit, elle posa sa main sur sa cuisse en lui murmurant un « Je t'aime ! » de couple fusionnel.

Il allait lui répondre quand il vit plus haut, sortir du virage un véhicule fou. Prudent et inquiet, il freina en urgence et se rangea sur le bas-côté.

- Il va y aller, « nom de Dieu » ! C'est pas possible !

Une Avantime faisait des embardées, les pneus fumaient. Le chauffeur semblait avoir toutes les peines du monde à en être le maître. Les cailloux sautaient de tous côtés, l'auto avait déjà entamé largement le bas-côté et glissait vers le ravin. Il la voyait déjà au fond.

Elle sembla enfin s'immobiliser, mais il ne la distinguait plus derrière la pente.

Passé le moment de stupeur, il sortit de la voiture, fébrile. Traversa rapidement la route, sauta la rigole et descendit dans la végétation desséchée. A quelques mètres gisait l'Avantime encore embrumée de poussière. Fortement inclinée elle paraissait prête à rejoindre le fond du canyon. Très ému par la scène qu'il venait de vivre en direct, il s'approcha, inquiet... Au volant l'homme était hagard - *Sûr ! Il avait eu la peur de sa vie.*

Tout en craignant que la voiture ne glisse davantage, il ouvrit la porte avec difficulté et parvint à convaincre le rescapé de sortir. Dans un état de choc certain, celui-ci mit plusieurs secondes pour s'extraire du siège. Puis quelques autres encore pour reprendre son souffle et entre deux hoquets :

- Je vous remercie, je suis désolé, je... roulais trop vite... je ne sais pas... je...

- Venez, suivez-moi, venez vous asseoir quelques instants !

Les deux hommes réapparurent et traversèrent la chaussée presque bras dessus dessous.

C'était bien la première fois qu'elle vivait une tragédie en direct, elle en avait tremblé. Mais voir son mari ainsi en bon samaritain, tout à coup, la fit sourire malgré l'émotion.

Elle libéra le siège passager et fit s'installer le naufragé.

Quelques secondes suspendues...

Pierre brisa le silence :

- Allez ! On vous emmène à deux minutes chez nous. Vous pourrez vous reposer, boire un coup ! Il faut ça pour se remettre ! On peut laisser la voiture comme ça ?

Le rescapé acquiesça timidement, sans résistance, calé au fond du siège, réalisant à peine ce qui venait d'arriver.

Ils montèrent jusqu'à Saint-André sans un mot. Quelques mètres après la mairie, un grand portail en fer forgé s'ouvrit comme par magie. Pierre reposa la télécommande :

- Nous y sommes !

Une large allée pavée s'enfonçait sous des frênes, au bout, un petit coin pour stationner, près d'une bâtisse massive reposée sur des arches de pierre de taille qui en cachaient le sous-sol.

L'air était encore chaud mais le courant d'air avait sorti Stéphane de sa torpeur. Il se sentait apaisé et il se surprit à détailler l'architecture de cette maison, une ancienne ferme, avec son escalier de pierre, son toit de lauze sur lequel les chandelles des molènes étaient déjà hautes.

Puis Pierre sortit ses courses du coffre :

- Sarah, tu veux bien accompagner notre invité ? Je vais passer un coup de fil et vous retrouve sur la terrasse, je ramène ce qu'il faut !

- Il disparut derrière une des arches centenaires.

Il souleva le combiné :

- Serge ? salut mon ami !

- Allô Pierre ! eh bé bonjour le parigot, qu'est-ce qui t'amène ?

- Écoute, un truc de fou ! J'ai ramassé un accidenté au virage de la Pierre Blanche. Tu ne voudrais pas monter voir et récupérer l'auto ? Elle est en mauvaise posture, je crains qu'elle ne bascule dans le ravin ! Mais surtout, prends ton gars avec toi, sois prudent !

- Si, bien sûr ! Aucun problème ! J'ai mon plateau sur place, j'ai ramené ce matin une occase de Millau.

- T'es brave, tu me tiens au courant ? A plus tard !

Sarah accompagna son passager. Cet homme de belle stature, quoique légèrement voûté, à la démarche distinguée et le visage plutôt ovale, un front ridé souligné par de gros sourcils blancs, paraissait dévasté. Les yeux traînaient des valises, des malles. Les cheveux grisonnants peignés en brosse courte lui donnaient cependant un coup de jeune, difficile de lui donner un âge.

Ils contournèrent la maison et grimpèrent les quelques marches menant à la terrasse dallée en rez d'étage. Un plateau en chêne aux dimensions incroyables reposant sur deux blocs de calcaire à peine travaillés servait de table. Elle entrouvrit le parasol et lui approcha une chaise à accoudoir garnie d'un coussin imprimé.

- Veuillez vous asseoir ! Pierre va nous amener de quoi nous rafraîchir.

Merci dit-il timidement, encore un peu choqué.

Dans une espèce de rêve éveillé il reconnu devant lui : la carte postale, la page de la revue « Maison française », tout y était : gazon, dallage, piscine et chaises longues, figuiers, cyprès, amandiers, petit potager... le tout ceint d'un mur à pierre sèche, ouvert au fond de la propriété par un portillon forgé. Un flash solaire donnait à l'ensemble une gueule pas possible et une mansuétude qu'il apprécia. Un instant il se demanda ce qu'il faisait là.

Sarah s'installa à son tour, retira ses lunettes de soleil et dévisagea son invité. Ce dernier soutint son regard, il s'y accrocha même comme à une main amie

L'homme avait de grandes mains soignées, que quelques tâches et de nombreuses cicatrices damassaient malgré le teint hâlé et qui en disaient long sur une vie de travail. Un anneau doré sertissait son annulaire droit. Sa sensibilité et sa verve de romancière imaginait de lui déjà un métier, un parcours, une histoire.

Lui, à nouveau l'œil dans le vide, empêtré dans ses pensées tapotait déjà tristement l'accoudoir avec le bout des doigts. Impatience, inquiétude ? Elle y posa alors sa main comme pour le calmer.

- Ça va aller ! Vous vous inquiétez pour l'auto ? *(un silence...)* Non ! Il y a autre chose, n'est-ce-pas ?

- Ses yeux s'embuèrent. Avec pudeur, il les cacha de ses deux mains mais ne put empêcher un sanglot le parcourir.

- Pardon ! dit-elle

- Il haussa légèrement les épaules, exprimant lui aussi des excuses. Abaissant les mains, il la fixa d'un regard plaintif. Ils s'étaient compris. Il respira un grand coup.

Pierre arrivait de la cuisine avec jus de fruits et bières qu'il déposa sur la table.

- Le garagiste de La Roque s'occupe de votre véhicule, il nous rappellera... Monsieur...

- Stéphane Royer, mais appelez-moi Stéphane, je vous remercie, je suis vraiment confus.

Sarah fit le service et amorça la conversation. Le liquide ambré, houblonné et frais détendit Monsieur Royer, non ! Stéphane ! qui se prêta aux premières questions-réponses.

Pierre restait attentif, il pensait : *ça y est, c'est parti ! Elle va le déshabiller !*

C'était sa spécialité, elle adorait cela : faire parler et faire se confier. Avec un tact génial, elle mettait en confiance son interlocuteur. Au bout d'une heure, elle savait tout sur lui.

Stéphane pourtant semblait être sur le qui-vive, restant cantonné à quelques sujets sans se dévoiler. Mieux, il rentrait dans son jeu à son tour mais connaissait les règles de l'esquive. Pierre s'amusait, cet homme qu'il découvrait plus âgé que lui mais qui en paraissait dix de moins, en avait dans la besace.

Ils apprirent ainsi qu'il avait beaucoup de centres d'intérêt, aimait la voile, la lecture, la photo et une carrière dans le bâtiment qui l'avait comblé. Il en parlait même avec passion. Mais sur sa famille, son actualité, rien ne transpirait. Diable d'homme !

La conversation tourna autour de la musique contemporaine, puis de la variété. C'était risqué, connaissant l'aversion de Sarah pour certains de ces néo-pseudos artistes que la machinerie du show-biz catapultait sur les scènes.

Le téléphone mit fin à ces échanges. Pierre proposa que les deux protagonistes fassent un tour de la propriété. Mais Stéphane demanda à s'exiler au petit coin. Il en ressortait, fermant la porte lorsque la clochette du portillon frémit.

- Marie ! s'écria Sarah.

- Je t'amène les petits fromages de brebis comme convenu ! répondit de loin la voix éraillée d'une petite bonne femme.

Sarah alla à sa rencontre, elles s'embrassèrent. Elles papotaient sur la terrasse lorsque Stéphane fit son apparition entre les portes-fenêtres.

Il amorça un recul. Il reconnaissait cette voix. Sa gorge se serra, son estomac se noua, il se sentit mal à l'aise, une vieille honte le tenailla.

- Bonjour Marie ! Lança-t-il comme si de rien n'était, pour se donner de la contenance,

- Ça alors ! Steph ! Toi ! ici ! Depuis le temps... Que je suis heureuse de te voir ! Et Line ?

Il resta muet un long moment, paralysé. Puis se maîtrisant :

- Lyne est morte. Marie. Il y a huit jours.

Et il la prit dans les bras, et essayèrent de se consoler.

Sarah resta scotchée, assistant à la scène. Pierre arriva sur ces entre-faits.

Avec discrétion, ils s'assirent, stupéfaits.

Marie fut la première à croiser leurs regards, elle allait leur raconter mais Stéphane la prit de cours et expliqua :

- Marie est une amie d'enfance de ma femme Jacqueline emportée par un cancer, les obsèques ont eu lieu la semaine dernière... Nous avons cessé par négligence malgré nous des relations plus qu'amicales avec Marie. Sa grand-mère, la Jeanne, comme on disait, à laquelle Jacqueline était fortement liée avait été admise à l'hôpital de Millau, en gériatrie. Ma femme a fait tout ce qu'elle a pu avec Marie pour éviter cela, aide à domicile, repas livrés etc. .. Rien n'y fit, la décision appartenait aux enfants dont un oncle, un gars pas intéressant, qui au décès de cette grand-mère en 80, n'a pas hésité à vendre sa propriété, une grosse maison caussenarde dans le village à deux pas d'ici malgré les souhaits émis depuis des années par ma femme pour la garder... Elle était prête pourtant à lui racheté le prix qu'il voulait. Elle lui en avait voulu et nos relations se sont définitivement arrêtées avec le reste de cette branche de la famille. On ne venait plus à Saint-André... Ce début d'après-midi, j'étais au cimetière plus haut, déposer des fleurs, je l'avais promis à Jacqueline.

Il venait de débiter ces quelques mots sans respirer, l'émotion l'avait trahi à chaque virgule. Stéphane souffla, soulevant ses gros sourcils il exprima un pardon d'un regard à Marie.

Marie reprit :

- Pierre, vous avez eu le temps de connaître les deux allumés qui avaient racheté sa propriété et quelques terres. La Catherine et le Julien, qui voulaient faire les pastoureaux. Mais il fallait se lever le matin...

Deux artistes, deux cossards qu'il fallait chercher au bistrot. Bref, ils ont tout coulé. Puis la maison a été revendu à des belges qui en ont commencé la restauration. Mais ils veulent s'en séparer aujourd'hui. C'est ce que j'ai entendu.

- Et toi, ton gîte ? Bien ? questionna Pierre.

- Oui, complet depuis le 15 juin et je pense que ce devrait continuer jusqu'à la rentrée de septembre. C'est mon neveu qui s'en occupe maintenant. Eh oui ! J'ai soixante ans, je passe la main, mais je continue les livraisons pour le frangin.

- Bon, je vous laisse, j'ai encore un peu de travail. Steph, tu me promets de venir me voir avant de partir ? A bientôt tous !

Ils se levèrent, les embrassades furent chaleureuses et les promesses devraient être tenues.

- Monsie... Stéphane ! Le garagiste a rappelé tout à l'heure, il a récupéré votre auto. Apparemment, vous avez eu beaucoup de chance, un mètre de plus et vous plongiez dans la Dourbie. C'est un gros pavé détaché qui vous a calé la voiture. Par contre, celui-ci a endommagé une des durites de freinage à l'avant et il se propose de vous la réparer pour demain fin de matinée. Qu'en pensez-vous.

- Oui, c'est vraiment gentil, mais...
- Pour loger ce soir ? Vos bagages ? Nous allons descendre les chercher.
- C'est-à-dire, je... je... je n'ai pas de bagages. Je n'avais rien prévu.
- Sarah ! tu prépares la chambre, nous avons un invité.
- Mais non... je suis confus...
- Nous allons faire mieux, je vais demander à Marie de se joindre à nous ce soir au souper.
- Décidément, je ne sais pas quoi dire. Votre gentillesse me touche. Il rajouta un merci plein d'émotion.

Sarah lui avait prêté tout ce dont il aurait pu avoir besoin. Stéphane s'installa à l'étage dans une chambre spacieuse, crépi à la chaux, mobilier et déco de bon goût. Tout un côté n'était qu'une bibliothèque remplie de livres reliés ou brochés. En curieux il s'en approcha et découvrit un rayon dédié aux métiers de l'imprimerie dont un catalogue d'incunables qu'il feuilleta en curieux. Sur un autre rayon se côtoyait bon nombre d'auteurs du dix huitième, livres reliés à la main et couverture cuir. D'autres contenaient des collections entières d'auteurs contemporains, en tout cas de ce qu'il en connaissait. *Je suis chez des littéraires !*

Dans cette maison, aux murs épais et voûtée qui avait gardé un peu de fraîcheur, il se sentait bien et n'en revenait pas de la gentillesse, de l'empathie de ses hôtes. Il avait aimé la compagnie de Sarah dès les premières secondes. Il émanait de cette femme à la fois de l'énergie et une douceur bienveillante. Avec elle, il s'était senti en sécurité, apaisé.

Pierre s'était mis à la cuisine, Sarah avait mis le couvert. Ils profitèrent ainsi des dernières lueurs chaudes du soleil sur la terrasse. Grâce à la présence de Marie il fut moins avare de propos. il partagea un peu de son histoire. Il les avait intéressés par son expérience.

Quelques bons mots l'avait déridé et sa boule au ventre s'atténuait. Marie raconta des anecdotes savoureuses sur son métier d'hôte qu'elle faisait en même temps que celui de démarcheuse, vendeuse, livreuse pour les fromages de brebis que fabriquait son frère.

Sarah les avait passionnés avec les sujets d'histoires romancées qu'elle avait fait éditer par son mari. Ce dernier, fils d'imprimeur, était attaché à ses racines Rouennaises. Mais en développant l'entreprise paternelle, devenant éditeur, il avait dû se déplacer à Paris où tout se passe.

Là, il avait connu une jeune auteure et ne l'avait plus quittée. Puis l'opportunité de rachat d'un éditeur de Millau, les avait exilés de la Capitale pour un temps. Ils tombèrent amoureux de cette partie des Causses et avaient acheté cette maison dix ans plus tôt où ils venaient plusieurs fois par an pour des séjours de plus en plus longs.

Pierre les avait enchantés avec une cuisine toute simple, côtelettes d'agneau de pays poêlées aux herbes, tomates provençales, Roquefort Papillon et un Coupétado de chez Bonald de Millau qu'il avait réchauffé. Ce dernier avait fini de les rassasier, tellement bon, ils en avaient tous reprit malgré la température estivale. Stéphane ne connaissait pas cette spécialité, un pain perdu aux pruneaux, une tuerie !

Tous s'en été trouvés épanouis - le rosé du Fel, sans aucun doute y avait contribué ! - Ils avaient adopté le tutoiement et s'étaient séparés tard, à regrets, en grandes embrassades. Stéphane avait apprécié ce bon moment, les retrouvailles avec Marie, la découverte d'un couple adorablement amoureux, cultivé et érudit se donnant à l'écriture et à l'édition.

Il s'était réveillé avec une certaine sérénité. Le calme du lieu, les murs centenaires de quatre-vingt centimètres d'épaisseur et un peu de magnétisme tellurique - il était sensible à la théorie des nœuds d'Hartmann - avaient dû y être pour quelque chose. Un sentiment de force, d'invulnérabilité l'avait envahi. Il se sentait d'attaque pour réagir, se battre.

La peine l'avait plongé dans le gouffre du désespoir. Il n'en revenait pas ! Mais pour autant, comment avait-il pu hier, songer à tout quitter, comment avait-il pu « péter les plombs » à ce point là, à un doigt de faire l'irrémédiable. Comment avait-il pu oublier pendant quelques heures ceux qui comptaient sur lui ou qui comptaient pour lui, ceux qu'il aimait... cela lui résistait. Il ne se reconnaissait pas dans ces termes là.

Il se sentit motivé pour quelques minutes d'exercices respiratoires et de gymnastique douce qu'il avait appris à maîtriser mais qu'il n'avait plus fait depuis longtemps. Il se trouvait mieux alors il allait assumer, tout assumer. Il la tournerait, cette maudite page !

L'horloge fit entendre ses neuf heures, Sarah et Pierre debout depuis longtemps avaient partagé leurs impressions sur leur invité. Heureux de cette belle rencontre, ils l'avaient « adopté » mais s'accordaient pour admettre qu'une grande blessure le tenaillait. Ils le reçurent dans la grande salle à manger, avec un copieux petit déjeuner. Il en fut ému. Avec lui, ils partagèrent café brûlant et viennoiseries, quelques mots sur le futur immédiat. Stéphane ayant encore de la peine à s'ouvrir, restant peu loquace, plus timoré, même si il se sentait mieux. Vers onze heures, un coup de sonnette se fit entendre. Le garagiste était au portail avec le V6 Bleu Téquille qui avait eu droit à une belle toilette.

- Vous avez eu de la chance, monsieur Royer ! Gardez bien votre ange gardien !

J'ai donc changé la tubulure cuivre du frein avant gauche. Mais, j'ai eu du mal à trouver la pièce, votre Avantime, ils n'en ont pas fabriqué beaucoup ! Mais il n'y avait rien d'autre, à part quelques rayures. Par contre, votre portable a sonné de nombreuses fois, bloqué sous le siège passager. Il ne vous a pas manqué apparemment. Le voici, avec ma petite note !

- Merci mille fois, je vous redescends ? !

- Oui, ce serait bien.

Stéphane remercia encore ses hôtes et les quitta « en traînant les pieds » leur promettant de donner de ses nouvelles. Puis Pierre, le regardant fixement dans les yeux lui glissa sa carte de visite en lui confiant un discret : « Rappelle-toi : l'écriture est très souvent une bonne thérapie. » Il lui donna une solide poignée de main et une accolade fraternelle.

Sarah l'embrassa chaleureusement, lui souhaitant plein de bonnes choses et tout doucement avec une touche de compassion elle ajouta :

- N'hésite pas, appelle-moi s'il le faut, ne reste pas seul avec ta peine. On reste en contact.

Le mécano et l'ex naufragé prirent la route.
La Dourbie, plus bas, s'écoulait tranquillement.

.

1   UN CINÉ...

J ulie était en retard - elle honnissait ce coup de fil de dernière minute qui lui avait fait manqué le rendez-vous avec ses amis. Elle monta quatre à quatre les marches du Phénix, un cinéma au centre de Bayonne, ouvrit sans bruit la porte qui donnait sur la salle de projection. Les lettres blanches du générique glissaient encore sur l'écran et livraient encore un peu de clarté, suffisante pour reconnaître le port de tête de Fred et deviner la place libre à ses côté.

Quelques excuses aux spectateurs qu'elle dérangeait, un petit mot à l'adresse de Fred et un sourire à ses voisines et amies et la voilà enfouie dans son fauteuil, essoufflée et rouge de honte.

Elle ne savait pas ce qu'elle venait voir.

Ils l'avaient convaincue de les rejoindre et elle avait cédé. Le début de semaine avait été bousculé dans son service, une petite soirée imprévue comme ça ne lui ferait pas de mal.

Au mot « FIN », quelque peu abasourdis, les spectateurs restèrent encore assis un instant, comme pour souffler. L'écran disparut derrière un immense drapé rouge et la salle obscure retrouva son éclairage si particulier. Un à un, ils quittèrent leur siège comme engourdis.

Julie se leva à son tour, vérifia si elle n'avait pas laissé des vestiges d'emballage de M&M'S sur le velours du siège, se faufila dans son rang et se joignit à la petite troupe qui déjà s'amassait devant les portes battantes de la sortie.

Dans le grand hall de ce cinéma, le bourdonnement des commentaires d'habitude si audible, se faisait plus discret aujourd'hui, sûrement à cause de l'émotion qui avait gagné tous les spectateurs. Il faut bien avouer que le film avait secoué tout le monde par son histoire et sa réalisation. Les yeux étaient encore humides pour certains, d'autres avaient si ce n'est la boule au ventre, au moins les masséters encore tendus.

Puis les bruits de conversations se stoppaient net à la sortie. Surprise ! Il pleuvait ce soir de mai malgré la belle journée qui venait de s'écouler. Julie retrouva Fred, sa femme Aurélie, deux collègues de l'entreprise, d'autres copains à l'extérieur du cinéma. Après les embrassades elle se doutait bien d'un débriefing éclair inévitable sous l'auvent de verre du cinéma.

- Quel scénario !

- J'ai été impressionné par Cluzet. !

- Tu as vu ? Ce visage, cette émotion ? Lorsqu'il balance la coque en plastique dans la benne ?

- Et cette femme, plus ou moins bipolaire, manipulatrice - Quelle fin ! Quelle histoire ! *chacun d'y ajouter son ressenti.*

Julie écoutait mais resta presque en retrait, peu encline à partager. Elle s'en excusa et finit par leur souhaiter la bonne nuit. Elle n'habitait qu'à deux pâtés d'immeubles, sur la rue Albert 1ᵉʳ et malgré leur insistance elle voulait rentrer seule. Elle les laissa déçus, mais les retrouverait demain matin, et comme chaque semaine à leur cantine du vendredi midi, au Pub.

Fred, Frédéric de son véritable prénom, était le directeur d'un des sites des Transports Fargeot, maison connue dans la région. Un type exaltant et exalté que la passion pour le surf avait fait échouer sur cette côte Basque. Julie était sa secrétaire juridique plus spécialement dédiée au dédouanement et aux litiges. Une certaine complicité les liait et Julie ne refusait jamais une sortie sympa avec lui et son entourage de copains. Il l'avait invitée à les suivre au ciné et comme souvent, la soirée se terminerait autour d'une petite bière au « Bistrot ».

Mais à cet instant, elle n'était pas bien. Le film l'avait-elle émue, troublée, dérangée ? Elle ne savait pas. En leur faisant un dernier signe de la main, elle avait jeté un regard à l'affiche : « La Coquille Bleue », adaptation du premier roman de... Une BMW passa rapidement à ce moment et Julie dut faire un écart pour ne pas se faire éclabousser. Elle continua son cheminement en frôlant les façades jusqu'à sa rue.

Au second étage d'un vieil immeuble de 1886, elle avait organisé sa vie dans un appartement cosy, meublé en partie ; elle l'avait complété avec du Ikea. Un chat siamois partageait son espace et ne manquait jamais de se présenter derrière la porte. Elle n'avait jamais compris comment Esope, c'était son nom, reconnaissait le bruit de ses pas ou celui étouffé de la porte de l'ascenseur. Elle s'empressa d'ouvrir car elle ne supportait son miaulement. *Un miaulement aiguë qui réveillerait sûrement tout l'immeuble si elle traînait pour le câliner.*

Elle lui ouvrit un sachet de croquettes, changea l'eau de son bol et le caressa longuement.

Des images du film lui revinrent en boucle, elle avait lâché ses amis, décidément elle venait de vivre une drôle de soirée. Elle n'ouvrit même pas son ordinateur et ne grignota même pas un truc du frigo. Se démaquillant, elle reconnut sa tête des jours « sans ». Décidément, il fallait qu'elle se couche. Trois minutes plus tard elle dormait à poing-fermés...

... Elle redescendit en hésitant une marche, puis une autre, une troisième, puis en confiance, tout l'étage. La grosse porte en chêne avait un loquet forgé à l'ancienne, elle forçat pour le soulever et poussa fort, se retrouvant ainsi directement dans la ruelle. Personne !

Le soleil à la verticale avait avalé toutes les ombres, séché les flaques, elle aurait dû prendre son chapeau. Elle tourna à droite, étonnée de découvrir des maisons à pans de bois de deux étages tout au plus, couvertes de voliges tordues ou de bardots. Certaines avaient un balcon sommaire, des fenêtres disproportionnées, de vieilles lampes à pétrole pendaient sur des montants usés. Elle ne reconnaissait pas ces façades qui rappelaient un décor de western. Elle fit encore quelques pas, la rue s'ouvrait enfin sur une étendue de sable, de cailloux, de rochers que des buissons et chardons erratiques rendaient hostiles.

Tournant la tête de chaque côté, elle se surprit à contempler ce désert. La chaleur était étouffante mais elle se sentait bien dans ce cocon surchauffé. Un détail lui fit reprendre sa marche vers la gauche. Un tourbillon de poussière à quelques centaines de mètres s'était formé et s'élevait doucement. La curiosité la fit s'en approcher. Elle ne comprenait pas ce phénomène à cet endroit. Puis le vent se leva, transformant le tourbillon en courant d'air, entraînant la végétation séchée en grosses boules légères. Devenant plus fort encore, le caprice météorologique lui fit se protéger les yeux et la bouche, elle s'en trouvait maintenant malgré elle en plein centre et fut désorientée.

Le vent avait dû renverser les poubelles. Des restes de cartons, de détritus ménagers s'envolaient de toute part. Un cageot empli de légumes tournant sur lui-même semblait surfer, suivait un sac poubelle éventré et plus lentement une coquille bleue, une énorme coquille. Elle connaissait cet objet, oui ! C'était un bac à sable dont le couvercle en symétrie donnait à l'ensemble la forme d'une Saint Jacques. Elle la reconnue, c'était la sienne, elle décida de la récupérer et couru vers l'horizon dans le sens du vent.

Mais ce dernier avait encore forci, elle continua sa course, évitant des rochers, se griffant parfois à des branches ici et là. Elle courait, courait, au bord de l'essoufflement. La coquille était là, juste devant, elle allait pouvoir l'approcher, la saisir quand tout à coup, le vent stoppa net, le sol disparut. Une crevasse béante s'offrait soudainement à ses pieds, elle ne l'avait pas vue. Son élan l'entraîna. Elle eut le temps de voir s'éclater la coquille bleue au fond du précipice, libérant des cadeaux qui lui avaient été offerts, des peluches qu'elle avait serrées, elle avait reconnu son ours brun avec un bouton de culotte à la place de l'œil droit.

Ses souvenirs...

Un cri déchirant sortit de sa gorge. Elle tombait, tombait... le vide l'avalait... Elle sentit alors une main la saisir par l'épaule, la retenant de cette chute inéluctable et mortelle...

Esope, son chat était sur elle, lui rappelant l'heure du casse-croûte en minaudant et tapotant son épaule. Julie se retourna, en sueur, et comprit, le cauchemar était terminé.

Il était sept heures et elle avait dormi d'une seule traite. Vasouillarde, elle s'occupa de son chat, puis reprenant ses esprits tout doucement, prépara mollement son thé vert et déjeuna de quelques biscuits St Michel. Enfin, elle se fit violence. Il fallait faire le job !

Une heure plus tard, montant avec énergie les marches transparentes qui menaient à son bureau, elle croisa Fred. Il l'embrassa sur les deux joues, la retenant aux épaules des deux mains, lui adressant un « comment vas-tu ? » plein d'affection. Oubliant son cauchemar, elle lui rendit ses bises tendrement et s'excusa de son départ précipité de la veille.

- C'est rien Julie ! Ça va mieux ?

- Oui, j'étais un peu à l'ouest... je te dirai...

Fred était toujours de ses confidences. Diplomate, attentif, il n'avait eu aucun mal à l'approcher dès son arrivée dans l'entreprise. Il s'était créé entre eux rapidement une complicité et une complémentarité professionnelle qui déteignaient hors du travail.

- A tout', à la cantine, alors ! Lança-t-il. Il rejoignit son bureau.

Elle franchit le seuil du sien. *Allez, au boulot !*

La matinée fut riche et laborieuse et après un dernier coup de fil à son correspondant de Bordeaux, elle prit l'I-phone et son petit sac de cuir Desigual. D'un œil circulaire, vérifia si tout était en ordre dans son bureau. Elle ne reviendrait pas cet après-midi, son rendez-vous de quinze heures risquait de se prolonger, la semaine se terminerait ainsi.

Refermant la porte, elle aperçut au bout de la travée largement éclairée par un puits de lumière, sa collègue comptable. La rattrapant, elles échangèrent deux mots sur la réunion qu'elles avaient eu le matin et rejoignirent au Pub, Frédéric, les copines collègues et Alexandre adopté depuis longtemps par leur petit groupe fidèle au Pub.

Ce dernier était depuis un an, le directeur du site IVECCO Véhicules Industriel, mécanique et location, voisin des Transports Fargeot. Célibataire, bel homme et sympathique au possible il leur apportait une bonne part de fantaisie par ses facéties, son esprit raffiné. Julie en avait le béguin non avoué. Peut-être était-ce réciproque car les amis avaient noté son assiduité depuis quelques semaines à ces agapes.

Julie accrocha sa veste au perroquet et dévisagea sa collègue de bureau :

- Excuse, pour hier soir !

- Mais non tu rigoles ! pas grave, t'as été remuée par le film, ou y'avait autre chose ?

- Ne m'en parle pas, ma mère m'a appelé juste lorsque je fermais la porte, ça a duré vingt minutes, pour rien. Elle m'a déblatéré des bêtises... comme d'hab. Je suis arrivée en retard, tu as vu ! Plus le film, K.-O. !

Allez ! On va voir ce que nous a préparé le chef cuisinier.

- Oh ! regarde ! Le beau gosse est là. Tâche de ne

pas te noyer dans le bleu de ses yeux !

- Arrête, idiot !

Le plat du jour, une noix d'agneau à la crème d'ail et son gratin de courgettes, séduisirent les six convives. Mais le choix des desserts, présentés sur un chariot, en disait long sur la gourmandise de chacun. Julie, fidèle à sa tarte à l'orange et mousse au chocolat. Fred adepte inconditionnel du nougat glacé. Sa propre secrétaire, partagée entre une crème brûlée et un cigare ganache prit les deux. Alexandre flirta avec une salade de fruits frais, mais tomba dans les bras de la dernière tranche de baba au rhum. *(Julie serait bien aussi tombée dans ses bras, ceux d'Alex. Décidément ce jeune homme l'attirait).* Les dernières succombèrent au koka, le flan basque qui les séduisait toujours et avec lequel le serveur n'oubliait pas de servir un petit verre rétro empli de deux centilitres d'Izarra.

Un bon café d'Éthiopie termina ce repas ou chacun avait pu deviser sur la politique nationale, l'avancée de la bretelle de raccordement à l'autoroute qui devait permettre le désenclavement de leur site. Ils avaient partagé aussi quelques réflexions sur l'argument du film de la veille.

Alexandre ne l'avait pas vu mais en avait compris l'émotion et avec malice avait titillé Julie.

La note réglée, une partie du groupe prit congé, laissant Frédéric et Julie sur la banquette de cuir blond. Ils n'étaient pas tenus de reprendre à quatorze heures. Profitant de cette pause, ils avaient sans se concerter décidé de rester un moment dans l'ambiance du Pub qui à cette heure-ci devenait plus feutrée.

- Alors, Julie, dis moi ! Ça va ? J'ai vu ce matin, ou plutôt, je n'ai pas vu les petites fossettes sur tes joues. (Les fossettes étaient son baromètre d'humeur. Dès que Julie avait un souci, elle serrait les dents et les muscles lui estompaient ses fossettes. Elle ne pouvait pas tricher : une mimique secrète qu'avait découverte Frédéric et lui seul ! Enfin, c'est ce qu'il pensait.)

- Alors dis moi : cette soirée ? Tu n'as pas apprécié le film, un truc t'a heurtée ?

- Ecoute, je ne sais pas vraiment . Ce film m'a tortillée. Cette ambiance délétère, dans cette famille en naufrage, cette scène à la déchetterie ou le père passe par dessus bord un bac à sable bleu. Où on le voit regarder se fracasser cette coquille au fond du conteneur d'acier, déchiré par une peine incommensurable. Il envoyait balader son cœur, ses tripes en plus de ses souvenirs. Ca m'a ému, mais j'ai eu l'impression de le vivre réellement, d'ailleurs, j'en ai cauchemardé. J'y étais ! Une sorte de calvaire, puis ça se termine mal quand même.

L'émotion nouait sa gorge, Frédéric se tournant légèrement, lui prit les mains, plein de compassion. Elle continua, raconta son cauchemard.

Lui, quelque peu ébahi,

- Eh bien ma chérie, c'est la totale ! Tu es bonne pour le psy, dit-il en souriant.

- Non, mais, cette coquille bleue m'a rappelé... j'en ai eu une... je sais, tout le monde en a eu une ! Une coquille en plastique double, une coque remplie d'eau et l'autre de sable. C'était chez mes grands parents à... je ne sais pas. La terrasse de leur villa était assez large et entre le mur et le gazon, il y avait toujours cette coquille. Mon grand-père nous éclaboussait, s 'amusait avec nous, j'ai des souvenirs de grand bonheur, de jeu avec eux, avec Nicolas, mon grand frère.

Ces souvenirs sont confus, mais il me semble le

revoir. Nicolas expliquait un jour à mon père qu'à la maison de... Cahors, oui c'est ça, il y a une piscine, il y a un bac à sable, on rit beaucoup et mamie nous fait de bonnes tartes.

...Alors mon père avait élevé la voix coupant court la réflexion du gamin, il avait répondu que c'était fini, que l'on irait plus à Cahors, parce que Papi ne voulait plus nous voir. Nicolas l'avait fixé du regard puis était reparti dans sa chambre, les épaules basses, comme si... je ne sais pas... je ne sais plus. Une drôle de scène... le film me l'a rappelé.

Et c'est... c'est un peu comme si je venais de revivre ces instants douloureux.

Tu comprends pourquoi ça m'a secouée. En réalité je ne suis même plus certaine de ces souvenirs, sont-ce de bribes de choses que l'on m'a racontées ou que j'ai synthétisées ?

- En effet ! Mais dis-moi, comment ça ? Vous n'avez plus revu vos grands parents ?

- Eh bien oui ! Je devais avoir quatre ans, d'après mon frère. Et c'est vrai, on a jamais eu de nouvelle. Mais tu sais dans ma famille, personne n'en a jamais parlé. Nos questions à ce propos sont toujours restées sans réponse, comme s'il y avait un secret, tu sais, ces secrets de famille... Je me demande parfois si je n'ai pas inconsciemment postulé et accepté ce poste chez Fargeot pour quitter tout ça, me mettre à l'abri... à la maison l'ambiance n'a jamais été sereine... Je n'ai jamais su le contentieux de mon père avec le sien... s'il y en a eu un... Mon père ne s'en est jamais ouvert.

Elle continua, la voix incertaine.

- Le film démarre direct avec cette manipulation et dont il ne peut finalement pas sortir et... tu sais, ma mère est quasi pareille, une perverse narcissique. Si mon père a quitté la maison... c'est bien qu'il y avait un truc naze...

Fred resta pour le moins interloqué. Il embrassa Julie que l'émotion fit hoqueter.

Elle reposa sa tête sur la poitrine de Fred, trouvant cet écrin apaisant.

Il avait appris certains détails de la vie de Julie. Il avait assisté à son entretien préalable selon la procédure. Grande, brune coupée au carré long, le visage plutôt rectangulaire, avec des sourcils particuliers, droits, foncés qui soulignaient un large front. Maquillée avec soin et discrétion, elle s'était présentée souriante, en tailleur crème, sûre d'elle, sans arrogance. Il l'avouera plus tard, les yeux noisettes de Julie l'avait alors subjugué. Ses yeux parlaient, parfois souriaient, mais ne dissimulaient rien.

Son cursus universitaire, son C.V. , sa spontanéité l'avaient conquis. Parfaitement à sa place à ses côtés, sa compétence avait balayé toutes les complexités de certains dossiers. Puis au fil des mois, il s'y était attaché. Pour autant autonome, elle ne souhaitait pas être couvée, chouchoutée.

Son libre arbitre en faisait une fille franche, carrée, exceptionnelle qui faisait l'unanimité autour d'elle. Sa bonne humeur était contagieuse. Cette jeune femme était vraiment adorable.

Frédéric avait fait découvrir à Julie la pelote basque et elle aimait se rendre au Trinquet Moderne voir les finales. Pour l'avoir invitée souvent à des soirées communes avec voisins ou amis, il connaissait ses goûts, ses envies, son ambition.

Aurélie, sa femme, l'appréciait, s'en était faite une amie et complice de fièvres acheteuses dans les boutiques du centre-ville. Elles se retrouvaient souvent à la galerie de peinture qui était aussi un salon de thé et appréciant toutes les deux la musique classique elles allaient parfois jusqu'à Pau assister à des opéras ou concerts phil-harmoniques.

L'I-phone, de Fred se mit à vibrer entonnant un «Street Lamp Saxo». Il répondit rapidement sans quitter le regard de Julie. Avant de le remettre dans sa poche, il eut une idée.

- Julie, laisse-moi une seconde, j'ai une idée. Je fais une recherche sur la toile.

- Vas y, bien sûr !

- Il cliqua sur « coquille bleue » puis se ravisa, Alexandre revenu au pub les interpellait timi-dement :

- Excusez-moi ! Julie, notre rendez-vous avec l'expert est avancé, il faut que je te vois un peu avant, tu es dispo ?

- Oui ! bien sûr ! On le retrouve au garage, à ta boîte ? J'arrive !

- Elle se leva et suivit Alex.

- Fred, à plus ! Lui adressèrent-ils de concert.

- A plus ! Je vois que je suis de trop, répondit-il malicieusement.

2   MARION

A Rodez, dix huit heures sonnaient au carillon de l'hôpital de La Clairière. Le hall de réception du pavillon pneumologie était comme toujours, bondé. Là se croisaient, patients, accompagnateurs, médecins, assistantes sociales, infirmières... Marion se fraya un passage pour atteindre l'escalier menant au deuxième étage, elle était à la bourre.

Le visiteur qui venait là pour la première fois se devait de faire attention aux panneaux directionnels pour éviter de se perdre. Mais elle-même infirmière, était familière des lieux, travaillant au pavillon voisin, elle avait dû se rendre à cet étage assez souvent. Marion suivit le couloir C, refait à neuf dans les tons ocres jaunes plutôt lumineux.

De nouvelles appliques apportaient une ambiance agréable, douce, à oublier la fonction des lieux.

Elle croisa Céline, sa collègue et responsable de l'étage.

- Bonjour ! Alors, il a bien dormi ?

Ecoute ! Ton papi est un patient du tonnerre. Il a passé une bonne nuit, calme, ses constantes sont parfaites et le traitement de Giraud a l'air de lui convenir. Tu vas le récupérer bientôt.

- Merci, je suis rassurée ! A tout à l'heure ! Elle entra dans la chambre de son grand-père.

Admis trois semaines plutôt, Papi Zte, comme Marion et son frère aimaient à l'appeler, vivait seul, à soixante-dix-sept ans, dans un appartement cours Victor Hugo et ce matin-là, ne se sentait pas costaud, il avait toussé toute la nuit et n'avait même pas eu le courage de petit-déjeuner. Il avait laissé les biscottes sur le plan de travail et n'avait pas touché le café expresso qu'il avait fait couler comme d'habitude. Il l'avait appelée au téléphone.

Marion avait pu se libérer, fait venir le médecin, prévenu son père. Ce n'était pas la première fois que Papi Zte les inquiétait. Il avait souvent des baisses de moral, un cœur qui s'accélérait sans raison, une toux à répétition, mais à chaque fois, leur présence le tranquillisait et tout redevenait normal.

Mais ce coup-ci, Marion avait eu des doutes, son grand-père était fébrile et sa toux inquiétante. Elle le sentait essouflé. Le médecin le fit admettre à l'hôpital où il eut droit aux prises de sang, à un scanner, à d'autres analyses plus poussées et une antibiothérapie.

Il resterait quelques jours pour soigner une infection pulmonaire sérieuse mais sans alerte cancéreuse. Il était resté confus les premiers jours, cela avait ébranlé Marion. Puis le traitement avait enrayé cette infection virale. Les dernières analyses et le diagnostic avait rasséréné Marion, un suivi attentif et tout rentrerait dans l'ordre.

Elle n'habitait pas très loin, au second étage d'une résidence au début de la rue Alphonse Daudet et pouvait se rendre souvent auprès de son grand-père en plus des visites en voisine dans l'hôpital. Tous connaissaient et appréciaient Marion et en étaient que plus dévoués.

Son frère Antoine, travaillait dans le sud-ouest et ne montait que rarement jusque là. Heureusement leur mère pouvait se libérer facilement. A elles deux, elles pouvaient se relayer deux après-midi par semaine, pour lui tenir compagnie, s'entretenir avec les infirmières, faire la paperasse administrative. Les services de l'hôpital étaient efficaces, le personnel agréable.

Marion poussa l'orchidée qui trônait sur la petite table, y déposa un petit ballotin de chocolat noir (le péché gourmand du Papi) et un sac contenant quelques effets personnels et un vieil album photo à la couverture cartonnée d'un vert délavé qu'avait souhaité son grand père. Elle le prit et le mit au bout du lit.

Il avait insisté pour qu'elle ramène cet album. Il voulait le montrer à une des infirmières qui n'était autre que la fille d'un de ses vieux copains. Elle avait été étonnée de ce que son grand-père, plutôt discret voire secret, l'avait chargée de cette course et c'était bien la première fois qu'il lui permettait de « fouiller » dans ses affaires.

Dans le salon, elle avait dû monter sur une

chaise, s'arc-boutant au risque de finir à terre en prenant appui sur le premier rayon garni de volumes d'architecture que son grand-père lui avait permis de consulter une fois ou l'autre à la condition expresse d'avoir les mains propres. Au dessus elle avait aperçu coincé entre deux gros livres de la bibliothèque l'album et elle avait réussi à l'en extraire en décalant deux énormes volumes de type encyclopédie au milieu d'une série de volumes brochés des éditions S.P. Raynal.

Un morceau de papier s'était envolé au moment où elle parvenait à serrer l'album sur la poitrine avant de redescendre. Elle l'avait ramassé et inspecté avec curiosité. Ce devait être l'angle d'une lettre pliée en deux. Quelques lignes dactylographiées était lisibles près des bords déchirés.

« re roman...
« uteur PETER HAY...
« option ex....
« six mois...

Elle l'avait reposé sur la table du salon, elle n'avait pas le temps de faire de la devinette.

Marion s'approcha de son grand-père, Papi Tze, lui essuya le front avec une lingette et s'assit, elle attendrait le médecin. Allongeant les jambes pour les détendre, elle avait couru tout le matin et apprécia ce moment.

Elle avait été à l'origine, malgré elle, du diminutif appliqué à son grand-père alors qu'elle ne savait pas encore parler correctement. Tout le monde s'en était amusé, et c'était resté.

Marion aimait à l'appeler ainsi, pour elle cela représentait encore plus de connivence, plus d'amour et pourtant ! Papi Zte restait encore une énigme.

Elle se rappelait les moments de bonheur, de complicité avec sa grand-mère. Cette dernière avait été emportée d'un cancer en deux ans lorsqu'elle en avait dix. Un départ douloureux. Mais elle n'avait jamais retrouvé auprès du grand-père l'affection qui l'aurait consolée, pire, jusqu'à ses dix-huit ans, il avait presque disparu.

En effet, très affecté, il s'était muré dans le silence, voyant rarement son fils et ses enfants, souvent en déplacement, ou refusant carrément toute visite. Souvent en voyage, il participait rarement à des fêtes, restait en retrait au grand dam de son fils Bruno et à la désolation de Juliette sa belle-fille.

Puis pour ses soixante-treize ans, il y a quatre ans, sur son insistance il voulu bien qu'on fisse la fête. Il se « re-socialisa ». Il avait pris sûrement le recul nécessaire au deuil de son épouse, il accepta même une aide à domicile pour certaines tâches.

Elle le « retrouva » ainsi avec bonheur. Il aimait partager ses confidences ou celles de son frère. Cependant sans rester distant, il paraissait timoré, ne se livrait pas beaucoup, comme si un secret, une blessure le déchiraient encore.

Bruno, souvent en déplacement pour sa boîte, ne manquait pas une occasion pour rendre visite à son père. Il habitait Boulevard des Cormorans à la périphérie de Rodez. Juliette faisait souvent les quelques kilomètres jusqu'au centre pour planifier ou superviser les services à la personne que son beau-père avait bien voulu accepter : ménage et repassage.

Gentille avec lui, il le lui rendait bien et partageait souvent avec elle des parties de scrabble ou des promenades au Foirail. Un dimanche sur deux, elle l'invitait à la maison, ou bien toute la petite famille se déplaçait chez Papi Tze. Il appréciait, en était reconnaissant et n'oubliait jamais de renouveler ses regrets par rapport à ces années où il était resté trop à l'écart.

Après des années passées à Cahors, en 1978 son poste de coordinateur et chef de chantier aux Constructions Aveyronnaises avait amené le Papi et son épouse à Millau. Puis ils s'étaient mis à leur compte, créant une société d'ingénierie-bureau d'étude en BTP. Leur entreprise avait superbement réussit. Ils eurent l'opportunité d'acheter une fermette modeste de 1842, avec parc, dominant le Tarn près de Peyre en aval de Millau.
Le propriétaire, ancien directeur de banque l'avait restaurée avec goût. Ç'avait été le coup de foudre et l'affaire vite conclue. Puis en 2001, la retraite sonna pour Stéphane Royer. Ils vendirent alors leur propriété pour un appartement plus modeste, plus fonctionnel, près du Foirail au centre de Rodez. De fait ils se rapprochaient des Courtauds, Adrien et Michelle, les amis de toujours.
Marion n'avait que peu de souvenir de la maison à Peyre. Une photo d'album toutefois, la représentait éclatant de rire au photographe, dans un bac à sable en plastique bleu, près de la maison et lui servait de référence.

Elle aimait se rappeler les repas à l'appartement, toujours gais grâce à Mamoune, le surnom enfantin de Line, au rire facile... parce qu'il ne fallait pas compter sur son propre père, assez taciturne, même si parfois il se laissait à dériver et plaisanter au grand bonheur de ses deux enfants.

Papi, lui, était réservé. Plein d'affection mais toujours dans la retenue lorsque avec Antoine ils insistaient pour l'entraîner vers « leur chambre » pour batailler avec les derniers déguisements de Star Wars ou Zorro ou jouer à cache-cache dans le couloir et l'entrée où trônaient un bahut massif et une armoire sur le côté de laquelle il était facile de se dissimuler. Cette réserve avait toujours étonné Marion. Elle en avait parlé une fois à sa grand-mère qui avait détourné rapidement la question.

- C'est pas son truc ! Mais soit sûre, ton grand père vous aime très fort. »

Elle était restée un peu comme deux ronds de flan puis était repartie insatisfaite, les bras ballants...

Papi Zte ouvrit un œil et apercevant sa petite fille, il la sortit de ses pensées d'une petite toux. Celle-ci se leva et s'en approchant, lui dit qu'elle avait trouvé son album photo.

- Je te remercie Marion ! Je le regarderai un peu plus tard.

- Tu as soif ? Il reste du jus de fruit. Si tu en veux.

- Non, tu es gentille. Par contre je veux bien un chocolat.

- Que tu peux-être gourmand, Papi !

Pendant une bonne demi-heure, ils débattirent ensuite des dernières infos et des frasques du maire de la commune voisine et dont la presse locale faisait sa Une. Un sujet inépuisable et risible parmi d'autres qui lui permettait d'oublier sa condition de malade. Puis elle lui rappela que son médecin personnel ne devait pas tarder, elle ne pouvait rester plus longtemps et commençait à prendre congé. Après une dernière embrassade, alors qu'elle tenait la poignée de la porte, il ajouta :

- Ton père a oublié de me ramener mon carnet violet et le dossier Immo, pour le notaire. Ce voyage en Australie lui fait tout oublier !

- Oui, je fais la commission. Je le récupère chez lui ce soir ! Au revoir Papi !

Elle quitta l'hôpital, heureuse de voir que son grand-père aujourd'hui avait la pêche.

3   JULIE

BAYONNE - DEBUT MAI 2019

A lexandre lui avait demandé si elle voulait bien le rejoindre à Saint Jean de Luz pour une balade en mer jusqu'à San Sebastian, elle avait dit non et s'était excusée. Fred désirait l'initier comme promis à l'art du surf, elle avait aussi refusé.

Une fratrie de quatre, c'était le bonheur et son point d'encrage, Julie en était heureuse et ne manquait pas de « manger » des kilomètres pour retrouver son frère ou multiplier les SMS avec ses deux sœurs, aussi, avait-elle décliné toutes les invitations ce week-end là. Tous avaient compris et ne s'étaient pas vexés devant ses refus, loin de là ! Il y aurait d'autres occasions.

Un bon mois qu'elle avait promis sa visite à

Nicolas, son grand frère. Ce samedi convenait à tous les deux, ils s'étaient accordés pour monter jusqu'à Bazas voir leur mère et cela devenait urgent. Celle-ci lui rendait la vie impossible avec ses appels téléphoniques. Irascible, désagréable, seule aujourd'hui, mais elle l'avait bien cherché. Malheureuse évidemment, cette femme devait être aidée, mais comment ?

Ses sœurs de leur côté ne la supportaient plus, ne faisaient plus le moindre effort. Elles avaient connu trop longtemps l'ambiance nocive de la maison que leur mère engendrait, en avaient souffert et leur éloignement aujourd'hui à Toulouse pour leurs études, leur permettait de souffler, de l'oublier.

Avec Nico elle espérait trouver une solution.

Il habitait dans une maisonnette mise à sa disposition par son employeur près de Sabres au bord de la forêt landaise. Chargé de gestion forestière depuis deux ans, il mettait à profit les connaissances que lui avaient apportées trois années d'étude en ENS à Bordeaux. Son dernier stage lui avait fait découvrir le domaine du Fayet, il s'était bien entendu avec le propriétaire. Ce dernier lui proposant de travailler pour lui, il n'avait pas laissé passer l'occasion.

Peu après dix heures, Julie traversait Sabres puis passa le hameau de Plaisy, au deuxième croisement, elle prit à droite. La Périgote, une belle bâtisse toute en longueur au milieu des pins, une plus petite à l'arrière, c'était là.

Nico avait entendu chanter les gravillons, une auto s'approchait, il était déjà dehors lorsque sa sœur claqua la portière.

Un grand sourire fendait son visage bronzé, heureux de la voir. De grosses bises scellèrent leur retrouvailles.

En entrant dans cette maison de métayer, un ordre inhabituel étonna Julie. Elle ne dit rien, mais s'assit sur le canapé à l'angle de la pièce de vie à l'invitation de Nicolas et échangea les derniers potins.

Ils partageaient un soda et abordaient le sujet maternel lorsque la porte qui fermait le couloir s'entrouvrit. Une jeune femme élancée aux cheveux bouclés et de belles joues rosées s'arrêta sur le seuil. D'abord surprise, elle s'avança enfin vers Nico et lui fit une bise furtive, timide. Alors qu'elle se retournait vers Julie, il la saisit par la taille, la contraignant à stopper et à se retourner vers lui. Il l'embrassa longuement en amoureux transi.

Puis s'adressant à sa sœur : « Voici Sylvie. Je te présente ma Sylvie ! »

Julie comprit de qui venait le tsunami qui avait transformé la maison du célibataire, elle se leva et alla au devant de la jeune femme et l'embrassa :

- Je suis heureuse de te connaître !

Sylvie était la fille de l'éleveur de canards voisin de la propriété, travaillant avec ses parents au gavage, à l'abattage et la préparation des confits et foie gras et autres produits. Les oies venaient en liberté jusqu'à la clôture de la propriété Périgote et Nico était tombé amoureux de la belle. Depuis six mois, ils se fréquentaient. Depuis quelques jours, ils vivaient ensemble.

Julie aida sa « belle sœur » à la cuisine, Nico mit la table. Ils déjeunèrent de radis et d'une cuisse de canard gras simplement rôtie sur des mogettes locales. Il avait sorti pour l'occasion une bouteille d'Irouléguy. Julie avait amené le dessert, un pastis bien doré et goûtue. Ils parlèrent longuement d'Angela, leur mère, cela ne gêna pas Sylvie déjà mise un peu dans la confidence. Les coups de téléphone aux propos assassins ou incohérents, elle connaissait, pour s'être trouvée auprès de Nicolas à ces moments là.

Julie taquina son frère : pourquoi ne lui avait-il pas confié son idylle avec Sylvie ? Il se justifia avec des arguments pourris mais cela fit rire tout le monde. Bien sûr, elle ne lui en voudrait pas.

Sitôt le café avalé ils prirent la route. Julie lui confia qu'elle l'enviait, heureuse de le voir partager aujourd'hui sa vie avec Sylvie qu'elle avait aimée tout de suite. A son tour il la chahuta :

- Et toi, donc, pas de petit ami ? Mais une réponse laconique l'avait débouté. Elle comptait bien à son tour lui rendre la surprise lorsque cela se présenterait.

Jusqu'à Bazas, sans autoradio, ils partagèrent les nouvelles qu'ils avaient de leurs sœurs jumelles, envisagèrent ce qui devrait être fait pour leur mère. Julie était plus protectrice et tirait son frère plus en retrait sur ce sujet.

Ils aperçurent leur mère sur la terrasse, avachie sur le coussin de la balancelle dont les festons partaient en lambeaux. Depuis que son mari Hervé était parti, elle gérait par dessus la jambe les affaires courantes, elle laissait tomber le jardin, le ménage. Elle-même parfois était négligée. Mieux, leur mère avait le chic pour se défaire de ses amies ou de son voisinage serviable par des propos désagréables ou offensants quand elle ne les envoyait pas balader carrément. Alors ceuxci hésitaient à revenir, elle se retrouvait seule et trouvait là une raison de plus pour gémir, en vouloir à toute la terre, remettre à plus tard ses obligations ou les choses domestiques. Des négligences qui sans nul doute, ne la touchaient pas, ne la touchaient plus. Mais Julie ne le supportait pas.

Ils enjambèrent donc la bêche en travers du passage après avoir poussé le portillon que la peinture avait abandonné. Ils se frayèrent un chemin vers leur mère en se protégeant des rosiers non taillés qui retombaient sur le passage de part et d'autre. Ce pavillon avait été coquet, avec un sous-sol demi enterré, le jardin l'entourait sur les trois-quarts, une rampe bétonnée montait du garage et donnait sur la placette de retournement commune aux quatre propriétés voisines. Les quatre chambres étaient à l'étage avec deux salles de bain. Au rez-de-chaussée, une salle à manger-salon s'ouvrait sur une large terrasse. La cuisine était fermée, leur père avait souhaité la transformer en cuisine américaine, mais... Ils avaient grandi dans cette maison. Pleine de souvenir, elle avait été leur trait d'union jusqu'au départ de leur père. Depuis, Julie et Nicolas y venaient seulement par obligation et les jumelles n'y étaient pas revenues depuis.

Les trois bises convenues faites sans vraiment de passion, Angela, légèrement avinée sans aucun doute, attaqua sa fille : pourquoi venait-elle si tard et aussi peu souvent, pourquoi se retrouvait-elle toujours seule, personne ne venait lui rendre visite... Nicolas fut ignoré un moment puis ce fut à son tour de supporter ses réflexions désobligeantes.

Vint ensuite un leitmotiv de questions qu'ils connaissaient par cœur, qui ne supportait aucune réponse quelles qu'elles soient de toute façon. Ils esquivèrent, tentèrent d'amener la conversation sur leurs sœurs. Peine perdue, ils se firent rabrouer avec des propos aigris, ils abandonnèrent.

Pourtant Julie avait en tête de mettre en place une aide à domicile pour la seconder, la sécuriser, il lui fallait son accord et réfléchir au financement. Ce n'était pas gagné ! Julie offrit le bras à sa mère pour l'aider à monter les quelques marches jusqu'à la salle à manger. Le ménage laissait à désirer et Julie commença à mettre un peu d'ordre sous l'œil amusé, mais haineux, de sa mère.

Décidément, qu'est-ce qui lui passait par la tête ? Julie ne la comprenait plus. Nicolas en restait pantois. Ses propos débridés les atterraient.

◆ ◆ ◆

Du plus loin qu'elle pouvait se souvenir, Julie avait toujours vu ou toujours voulu voir en Angela une mère attentive avec tous ses enfants, élégante, sans doute bonne cuisinière qui tenait bien sa maison et recevait souvent leurs relations. Elle l'avait aimée et jamais n'avait eu à se plaindre même si le plus souvent, son père était plus présent et plus proche. Par contre, elle n'avait aucune réminiscence de sa mère lui apprenant à lire, ou même raconter des histoires aux couchers. Là aussi, les images paternelles prenaient le dessus.

Vers ses sept ans, il avait dû se passer une drôle d'histoire.

Ses parents s'étaient écharpés, elle avait saisit quelques mots incompréhensibles, sans le vouloir, de la dispute. A partir de ce moment-là, des sautes d'humeur avaient amené sa mère à des échanges fréquents, vifs et cassant avec son père, même avec elle.

Julie triste, en pleurs, se réfugiait auprès de Nicolas. plus serein. Les deux sœurs jumelles les rejoignaient et tous faisaient corps, attendant que l'orage passe. Leur père arrivait alors avec des mots de compassion et d'amour, il ajoutait toujours :

« Maman est fatiguée, elle se repose. Çà ira mieux demain, ne vous inquiétez pas ! »

Ils n'étaient pas dupes, quelque chose ne fonctionnait plus mais ils s'en accommodaient, papa était là, ils ne risquaient rien.

Avec son frère ils avaient convenu de les « mettre sur écoute » en les observant et les épiant dès qu'ils le pouvaient.

Ils réalisèrent alors que leur mère était bien moins aimante, moins attentionnée. Elle était souvent absente lorsqu'ils rentraient de l'école, les laissait parfois se débrouiller seul pour le dîner sous prétexte qu'ils étaient assez grand, restait des heures sans rien faire dans le canapé du salon... Les parents d'Angela venaient souvent la seconder, mais eux-mêmes n'étaient pas très sympas.

A leur arrivée dans le lotissement du Quillet, Hervé avait cherché rapidement une personne pour seconder sa femme pour la garde des petits, Gabrielle la voisine, était disponible, alors ?

C'est ainsi que, nounou occasionnelle, elle devint rapidement Tatie Gabrielle. Une personne de confiance permettant à Hervé, pris par un métier qui le contraignait régulièrement, d'être tranquillisé.

Il pouvait compter sur elle.

S'il devait être absent plusieurs jours d'affilée, il lui passait le mot, elle surveillerait avec discrétion. Il mettrait les bouchées doubles à son retour pour parer aux manquements journaliers d'Angela. Cette dernière s'acquittait néanmoins de les amener aux activités du mercredi et faisait amende honorable auprès des professeurs ou amis qu'elle croisait tant que cela pouvait la valoriser.

Ce superficiel craquait parfois lorsqu'elle était éméchée. Pourtant, personne ne la voyait jamais se « pinter » en catimini - mettant mal à l'aise ses propres enfants qui eux, honteux s'en apercevaient.

A la maison même, il était arrivé plusieurs fois que leur mère les mettent dehors sous la colère. Les gamins allaient alors se réfugier chez Gabrielle. Elle les gardait pour la nuit.

Des moments pénibles qu'ils ne supportaient plus. Julie et Nicolas en avaient demandé, exigé même, d'être en pension à leur entrée en quatrième. Ils avaient argumenté fermement et leur père s'était incliné.

Laura et Chloé, les jumelles avaient à peine douze ans, contraintes de supporter encore ce climat délétère. Ces dernières leur rapportèrent un jour, les propos de leur père s'adressant à leur mère lors d'un énième affrontement :

« J'aurais dû réagir il y a dix ans mais je n'avais rien vu. J'ai rien dit jusqu'à présent ! J'ai supporté tes manipulations et celles des Andreotti, de plus j'ai cautionné votre méchanceté, quel C... j'ai été.

Tu verras je partirai ! J'attends que les petites aient leurs dix-huit ans et je me casse ! ...»

◆ ◆ ◆

Quatre années plus-tard, effectivement, au week-end de Pentecôte, Hervé avait convaincu la fratrie de randonner à Montségur avec le but inavoué d'évoquer et clarifier sa situation. Ils avaient logé à Lavelanet dans un gîte, proche du site de promenade.

Ses enfants avaient compris tout de suite et avaient suivi avec bonheur. Jamais ils ne s'étaient sentis aussi soudés, si proches, si complices, il était impossible pour leur père de continuer comme cela, c'était une question de survie.

Il leur avoua sa décision, les mettant devant le fait accompli. Il quitterait le domicile le premier juillet. Les jumelles seraient majeures. Il avait tout prévu, leur avait acheté un appartement à Toulouse, déposé chez son banquier un capital assurant leur autonomie durant les études.

Elles étaient à la porte du bac avec un an d'avance et sûrement la mention, les pré-inscriptions universitaires étaient faites.

Ils s'étaient quittés en accord, le cœur gros, mais les portables activés, ils ne seraient jamais bien éloignés. La nouvelle adresse de leur père les avait étonné : Préverenges près de Lausanne. Il leur avait confié qu'il avait « lâché » ses collaborateurs quittant ainsi la société de Conseil en *Communication et Stratégie Numérique* qu'il avait créée huit ans auparavant, avec un pactole qui lui permettrait un nouveau départ en Suisse chez un de ses clients.

Les formalités du divorce avaient été faites en début d'année mais rien n'avait transpiré, il n'en revenait pas encore à ce jour. Angela avait dû faire profil bas, honteuse sans doute, elle n'en avait pas parlé aux jumelles.

Mais fin juin, il serait libre !

❖ ❖ ❖

Julie et Nicolas tentèrent de faire retomber la tension autour d'un thé et trois gaufrettes qui traînaient dans le placard. Lui avait dû se hisser et pousser des bocaux à demi remplis sans couvercle qu'une moisissure blanchâtre commençait à envahir. Un bout de carton fort calait inutilement le dernier pot, il le retira.

C'était un bout de carton d'un calendrier qu'il allait jeté quand il vit souligné et entouré d'un coup de feutre épais, le seizième jour du mois de décembre.

- Ça te dit quelque chose, Julie, le seize décembre ? Lui cria-t-il.

- Non ! Je ne vois pas. Elle s'approcha et reconnu un bout du calendrier. Elle lui prit des mains, le retourna, fit une moue :

- C'est un morceau du calendrier des postes de l'an 2000 qui a traîné longtemps derrière le robot. Tu te souviens pas ? Maman y mettait les recettes manuscrites ou découpées dans les revues.

- Ah Bon ! perplexe, il remit le carton en place. Devant l'impossibilité de dialoguer clairement et objectivement avec leur mère, ils abandonnèrent le sujet et récupérèrent des documents personnels d'Angela, se disant que confier le problème à une assistance sociale serait peut-être plus judicieux. Ils verraient lundi.

Ils abrégèrent les « au revoir », Nicolas en ferma brutalement la porte d'entrée, en colère. Ils traversèrent la placette pour faire coucou à Tatie Gabrielle. Absente. Ils laissèrent un petit mot gentil à son attention dans la boite à lettres et à seize heures ils reprenaient la route pour Sabres.

Décontenancés, déçus, ils restèrent muets un long moment. Julie brisa le silence en racontant sa soirée cinéma de jeudi, confiant ainsi à Nicolas son étonnement d'avoir vu à l'écran des situations douloureuses qu'elle lui semblait avoir vécu.

Il lui rappela qu'effectivement leur grand-père paternel n'avait jamais donné de nouvelles. Subitement il lui vint à l'esprit l'humeur toujours riante de sa grand-mère et ses petits sablés, oui, les sablés tout ronds qu'elle dorait avec un pinceau queue de morue et qu'elle cachait dans une boite tressée en aluminium. Ça faisait tellement longtemps qu'il n'avait pas évoqué ses grands-parents qu'il se sentit ému. Mais toujours cette confusion de souvenirs vrais et de souvenirs fabriqués qu'il partagea avec Julie. Ils en sourirent.

Sylvie les attendaient, impatiente. Elle réussit à convaincre sa « belle-sœur » de rester encore un peu jusqu'au souper, profiter de cette belle soirée qui se profilait. En réalité elle voulait en savoir plus, dévorer l'histoire de sa « nouvelle famille ». Ils échangèrent donc avec passion et franche rigolade sur leurs souvenirs d'ado, de vacances ou d'étude.

Sylvie leur raconta entre autres la colère de ses

parents lorsqu'elle leur avait avoué ses premières « fumettes » qui furent d'ailleurs les dernières. Julie admit que malgré le contexte difficile de la maison, cette période passa facilement et se venta bien sûr avec humour de sa qualité exceptionnelle d'ado.

Nicolas aurait bien voulu en dire autant, mais il avait été en bagarre souvent avec son père pour une indépendance qu'il exigeait mais qu'il n'aurait pu assumer. Cela avait duré six mois, seulement six mois, mais parfois violent.

Côté Royer, globalement tous les deux avaient passé cette période avec bonheur. Aujourd'hui ils étaient conscients de la chance qu'ils avaient eu : des parents, en tous cas, leur père finalement assez ouvert, un confort social, la possibilité de choisir leur voie.

Sylvie aussi disait s'être orientée en toute liberté vers ce métier d'éleveur et producteur. Ses parents, durs à la tâche, avait bien essayé de l'en dissuader, mais rien n'y fit et à vingt ans elle se retrouvait diplômée, un BTS en gestion agricole, du lycée d'Orthez. Aujourd'hui elle les aidait, soit, mais elle commençait surtout à développer la petite production familiale et pouvait déjà se permettre d'alimenter des marchés locaux avec des volumes conséquents.

Julie partagea encore quelques souvenirs de colo sur la côte basque et un séjour en Dordogne. Avec Nicolas, ils évoquèrent avec un rire suggestif la fameuse semaine en pension chez les parents de leur mère, les Andréotis, où ils avaient redécoré malicieusement le papier peint de la salle à manger avec des grains de raisins rouges, juste pour faire maronner Mamie Giovanna. Elle n'était pas très gentille avec eux, exigeante, il fallait filer droit, jamais de sucreries, rarement la possibilité de voir la télé, il fallait lire, apprendre, même pendant les vacances. Alors, quand ils pouvaient lui en faire une, il ne se gênaient pas, et craignaient à peine les foudres maternelles. Il n'en avait pas gardé un très bon souvenir, si ce n'est de leurs frasques.

Nicolas embraya sur un stage en forêt en Margeride où il avait échappé de peu à la chute d'un arbre. Il en rigolait aujourd'hui et pourtant, il s'était fait peur !

Cela se termina sur quelques banalités de leur vie d'étudiants. Finalement, tard, elle quitta à regret Sylvie et Nicolas qui lui firent un dernier signe avant d'être hors de vue après la dernière haie du virage.

Elle avait adoré cette halte chez Nicolas et apprécié la compagnie de Sylvie.

4   ALEXANDRE

Oubliée, ou presque, la journée pénible de la veille. Désespérée par la conduite de sa mère, elle se demandait comment elle pourrait lui imposer de l'aide à domicile ou autre jardinier et surtout comment lui faire accepter. Mais le souvenir plus doux de la liaison de son frère lui fit relativiser et Julie recroquevillée dans ses draps tièdes trouva agréable de flemmarder encore un peu ce dimanche matin. Les miaulements de son chat Esope la rappela cependant à l'ordre, Môssieur était le maître. Effectivement, elle se pressa pour lui apporter ce qu'il voulait : eau fraîche, croquettes et petit pâté. Le félin se jeta sur ses gamelles et les moustaches encore brillantes de la gelée du pâté il disparut sans reconnaissance.

Elle aurait bien voulu le câliner, lui parler... Non ! aujourd'hui, ce n'était pas le jour, Môssieur était parti s'allonger sur le balcon carrelé - au cas où un sansonnet aurait la bonne idée de s'attarder un peu trop sur le rebord.

Alors elle prépara ses croquettes à elle, ses céréales au miel avec du lait froid. Seule devant son bol, elle se perdit dans des pensées saugrenues : et si elle n'avait pas refusé la ballade avec Alex... et si ma mère pouvait... et si...

Après un peu de ménage, elle feuilleta sans conviction les prospectus qui traînaient sur le buffet et, prépara un petit kit de plage. Elle enfila un jean rose et un petit haut blanc et réfléchit à prendre ou non un coupe-vent. Au bout de la minute elle abandonna. Il faisait très beau, une brise légère, elle quitta l'appartement sur le coup de midi avec en tête de retrouver l'équipée sauvage des surfeurs de Fred qu'elle savait être sur le spot du Miramar.

Avant, elle fit la queue devant le bureau de vote à la Mairie, aujourd'hui vote partiel de législatives et elle n'aurait pas manqué un tel rendez-vous. Enfin elle récupéra son vélo dans un garage privé qu'elle louait Rue Orbe, traversa Anglet par le boulevard du B A B et se dirigea vers la plage. Près du parking, elle sécurisa le vélo à une grille de chantier, s'approcha de la terrasse du bar d'où Fred saluait en souriant deux copains qui s'éloignaient. Il avait déjà quitté son top et son shorty en néoprène. Elle l'embrassa. Il avait la peau fraîche, salée et luisante. *Bel athlète !* pensa-t-elle. L'océan était paisible, quelques rouleaux tranquilles mouraient sur le sable blond.

- Ah ! Julie, comment tu vas ? Ton escapade hier, bien ?

- Oui, j'ai fait la connaissance de ma nouvelle belle sœur. Une fille superbe, sympa. J'envie mon frère. Elle ne s'attarda pas sur la visite à sa mère.

- Alors, toi, le spot, ce matin ? Bien ? Et au fait ! Vous êtes allés voter ?

- Oui, moi à l'ouverture pour être dégagé. Aurélie devait-y aller plus tard, quant au spot, au poil ! Un coeff de marée élevé, vent « on shore ». Mais c'est bon pour aujourd'hui,. Le vent a lâché, la marée est descendante.

- Tu manges avec nous ?

- J'attends Aurélie et mes potes de surf, ils sont partis se changer. Je ne serais pas surpris de voir arriver Alex, il m'a envoyé un SMS tout à l'heure. Il a un truc à nous dire ! Il ne doit pas savoir ou passer. Humm ! Ça tombe bien, non ?

Rougissante, elle lui mit un coup de poing dans ses tablettes abdominales.

- Arrête, Fred.

Ils s'assirent sur les chaises cannées du petit bar et commandèrent deux Mojitos. Puis arriva Aurélie, toute en jovialité, en beauté. En amoureuse, elle se jeta sur Fred, l'embrassa avec force, lui expliquant que c'était l'air de la mer. *(tu parles ! ...)*

José, le barman ajoutait un Mojito sur la table quand débarquèrent les surfeurs. Ces amis de Fred, travaillaient à la Com. com. Sympas au possible, ils étaient toujours des fêtes de la bande. Ils commandèrent leurs apéritifs et tous trinquèrent... à cette belle journée, à l'été qui arrivait ce mercredi, déjà !

- Vous me suivez ? cria Fred au bout d'un moment. On va manger un petit truc au « Simonnet » au dessus, rue d'Alsace. D'acc ?

- Oui, on te suit !

La petite troupe se leva et à pied rejoignit la pizzeria à trois cents mètres. Ils en étaient au dessert lorsque Alexandre débarqua.

- Scusi, dit-il dans un italien de cuisine basque, pour rigoler. Vous m'en avez laissé ?

- Oui ! On n'y a pas touché ! à Julie bien sûr ! répondit Paul, le surfeur, en éclatant de rire.

Alex accusa le coup

- Bande de zozo ! Julie, excuse-les !

- C'est pas grave, ils sont un peu « relous » ! sourit-elle à son tour.

- Aurélie et Fred était hilares, un autre surfeur qui n'avait rien dit ne l'était pas moins. Si il n'y avait (encore...) rien entre Julie et Alexandre, cela avait dû paraître évident pour les autres que quelque chose se tramait, ou peut-être l'espéraient-ils. En réalité, tout cela n'avait pas d'importance, ils le savaient, mais pour le fun, il y en avait toujours un pour faire la provoc, la déconne, pour chambrer. La solidarité assurait le reste. Le petit groupe de copains chahutait ainsi et leur esprit léger, un humour partagé permettaient à tous de profiter agréablement des bons moments.

Julie avouait facilement que cette connivence l'avait séduite lorsque Fred lui avait fait connaître ce petit groupe de copains.

Vrai ! Il n'y avait rien entre Julie et Alexandre. Celle-ci admettait cependant être attirée par cet homme toujours prévenant, dans l'empathie, beau garçon de surcroît. Elle n'avait confié son attirance à personne et assumait les allégations généreuses et gentilles de son entourage. Mais le secret de son béguin s'émoussait un peu plus chaque fois, lorsqu'elle ne pouvait cacher la rougeur de ses joues.

Alex fit le tour de la tablée en les embrassant tous, il prit sa respiration et fit une annonce :

- Les amis, je vous propose de vous libérer samedi prochain à partir de vingt heures pour ma soirée d'anniv'. Qui veut venir à La Table du Pottok ? Mojito, repas gastro et boîte après. Réponse avant demain. Ça marche ?

Ebahis, les copains ne s'y attendaient pas. Alexandre d'habitude organisé, planificateur, anticipateur, leur faisait la surprise du week-end.

- YEEESSS ! Ils levèrent la main d'un seul homme, bien sûr qu'ils en seraient !

- Tu as le droit au dessert ! glissa Pierre, mais que se passe-t-il donc Alex ?

Alors mimant un past-président, bougeant les épaules :

- Eh bien, je vais vous le dire !

J'ai appris que ma direction ne pouvant déléguer son responsable régional pour un voyage de six jours mi touristique, mi congrès organisé par la marque au bord du lac de Constance, avait pensé à moi. Comme les résultats de mon agence les ont convaincus, c'est une façon de m'encourager, de me féliciter... et plus tard, de m'en demander plus. Comme c'est prévu dans une quinzaine, je suis obligé d'avancer mon anniversaire. Génial non ?

- Bravo Alex ! Les filles se levèrent, l'entourèrent.

- T'es trop fort ! en l'embrassant chaudement.

Le vacherin fraise arriva devant Alex presque ému. Les cafés suivirent et après le partage de la note, le groupe retourna à la plage. Les garçons devisaient ensemble sur la politique, elles, s'interrogeaient déjà sur le cadeau qu'elles feraient à Alex quand celui-ci les stoppa dans la descente.

- Je voudrais dire un mot à Julie !

- Mais bien sûr ! répondirent-elle en cœur, laissant leur copine figée sur place.

- Il confia à Julie sa satisfaction suite à son intervention de l'avant-veille avec son expert. Tout s'était bien passé, celui-ci avait donné son feu vert et les désagréments seraient bien dédommagés.

Alexandre reprit :

- Julie, j'aimerais que tu me rendes un service.

- Mais oui, certainement !

- Ecoute, je suis obligé de me rendre au siège de IVECCO V.I. à Pau cette semaine et rentrerai seulement vendredi soir, au pire samedi midi. Je vais arriver en dernière minute, ce n'était pas prévu. Pourrais-tu assurer le relais avec le restaurateur et régler les derniers détails ? Menus et vins, table. La résa, c'est fait, le budget décidé aussi.

Mets Aurélie dans la confidence, je vous fais confiance. Voici les coordonnées et la liste des invités que tu connais tous à part cinq. Je t'ai souligné leurs noms et ajouté leurs numéros de portable. Je te laisse faire, fais le comme pour toi ! Tu m'appelles si vous avez un souci ?

- C'est d'accord, je, nous ferons de notre mieux.

Il l'embrassa avec fougue sur les deux joues et s'en retourna, oubliant tout à fait les copines de Julie, statufiées à leur tour. *Il ne nous a pas vues !* Elles reprirent le chemin de la plage sans se priver de sous-entendus à l'encontre de Julie.

Assise en tailleur sur le sable, Julie contemplait la vue panoramique sur l'océan et bluffée comme chaque fois, elle en éprouvait une quiétude et sérénité malgré le ressac toujours bruyant sur les rochers. Reprenant la conversation avec Aurélie, elle lui confia les consignes d'Alex. Bien sûr qu'elle participerait, pas question de refuser quoi ce soit au « beau gosse ».

Julie repartit sur le sujet brûlant de sa mère. La versatilité de sa mère, son inconstance et son alcoolisme. Sujet qu'elle abrégea en évoquant la liaison heureuse de son frère. Aurélie, à son tour lui avoua la tension de Fred avec sa belle sœur (la femme de son frère à lui) ingérable et désagréable avec son entourage. Décidément, rien n'était simple chez personne !

Fred et les deux surfeurs les rejoignirent. Ils papotèrent tous entre eux longuement, l'envie n'étant pas au volley après le petit casse-croûte. Tous, se « cancounaient » dans la chaleur veloutée de l'atmosphère, calés sur le sable, insouciants.

On s'approchait du solstice d'été, les journées de juin étaient longues mais Julie trouvaient qu'elles passaient trop vite. Le soleil était déjà bien descendu et elle devait rentrer à vélo, ce qu'elle ferait malgré la proposition de Fred de lui embarquer la bicyclette et de la ramener chez elle.

Le rendez-vous au samedi suivant, la promesse d'une belle fête leur donna du courage pour plier les serviettes et fermer les sacs. Le groupe se quitta à regrets sur le coup des dix-neuf heures et une question restait en suspend : qu'allait-on faire comme cadeau à Alex ?

- J'envoie un mot aux autres. Avec eux, les filles, vous vous chargez d'espionner, d'enquêter, d'envoyer votre rapport discret pour mercredi soir ! OK ? indiqua Fred. Tous acquiescèrent : A plus ! »

*

* *

Lundi, un peu moins de huit heures, Julie motivée se préparait à prendre à bras le corps ce début de semaine. Il fallait anticiper sur les congés d'été et leurs effets collatéraux, prévoir l'imprévisible et rendre les « copies » avant le premier juillet au siège de Fargeot. Bref, ça se confirmait, ce lundi mais les autres jours aussi seraient chargés, elle avait été prévenue.

Les copines, elles, lui empilaient les SMS sur son téléphone pour qui avait trouvé l'idée du siècle, qui l'affaire idéale, qui l'opportunité pour satisfaire d'un cadeau original leur ami Alex.

Drôle, non ? Fred devait centraliser et c'était elle qui recevait les offres. *Mais je bosse ! Moi !!* pensait-elle en colère.

Elle leur répondrait plus tard. Quelques unes d'entre elles la retrouveraient sûrement à la cantine.

5 ANNIVERSAIRE

lARREDA

La semaine s'était faite, avec frénésie : entre les plannings vacances, les dernières doléances mais un seul litige, ajouté à cela l'organisation de la soirée anniversaire, Julie était K.O. mais heureuse. Elle avait pu tout mener de front.

La Table du Pottok, restaurant dit « gastronomique » se trouvait à deux pas du village de Larreda. L'activité touristique montait en puissance, il y avait déjà du monde dans ce petit coin reculé entre St Pée sur Nivelle et Espelette. Le rendez-vous était fixé à vingt heures.

Aurélie et leur amie descendirent de l'Austin Mini. Julie traînait, répondant à un SMS. Vêtue d'un chemisier coloré et d'une jupette, des talons mi hauts, elle était en beauté comme elles lui avaient dit avec des sourires malicieux. Elle avait aussitôt pressenti une soirée où les allusions portées à Alexandre et elle-même ne manqueraient pas. Mais elle assumerait même si la rougeur de ses joues devait la trahir.

C'était d'ailleurs à lui qu'elle répondait de façon anodine pour cachait son émoi. Il voulait savoir où elle se trouvait à ce moment. Elle tenait à la main une enveloppe contenant le cadeau d'anniversaire que tous avaient plébiscité.

Dans la semaine Julie et Aurélie s'étant présentées au téléphone de La Table du Pottok comme étant les amies d'Alex. Ambassadrices, elles n'eurent aucun problème pour obtenir ce qu'elles désiraient. Les contacts avaient été plutôt agréables et efficaces, un peu comme si elles avaient fait partie de la maison, cela augurait d'une belle soirée. De fait, elle n'avaient pas eu à se rendre jusqu'au restaurant la veille. Alex avait bien fait les choses.

Aurélie avait pris en charge la liste des invités, de leurs venues effectives, leurs participations au cadeau collectif, etc... Elle avait fait la connaissance par MMS et SMS interposés des cinq copains d'enfance d'Alexandre ravis de se joindre à la fête.

Julie passa ses soirées à assurer le montage et l'impression des menus, de la déco, des cadeaux. Ensemble elles s'étaient briefées avec les restaurateurs pour le repas, les vins, etc...

Elles avaient trouver à se garer à deux rues de l'établissement, aucune d'entre elles n'étaient déjà venue. Cette ancienne et imposante ferme que l'urbanisation galopante avaient phagocytée, se trouvait maintenant près du centre du village. Sur internet, elles avaient pu lire de nombreux commentaires élogieux faisant suite au descriptif touristique. Les nombreuses photos étaient alléchantes, faisaient envie. Elles avaient découvert ainsi, que les salles à manger étaient prolongées sur l'arrière d'un vaste parc et terrasses donnant sur la Rhune.

Arrivées sur la place centrale, elles admirèrent la façade de La Table du Pottok. De grandes baies laissaient entrevoir l'agitation intérieure, elles y reconnurent certains de leurs amis. Elles n'étaient pas les premières !

Un Pottok stylisé juste à l'entrée d'un hall de réception servait de présentoir aux menus. Elles s'approchèrent et furent reçues par les « hola » du groupe agglutiné au bar. Certains avaient attaqué sec au Mojito, d'autres à la Sangria mais les visages n'indiquaient encore aucun signe de surconsommation.

Elles se présentèrent aux restaurateurs qui faisaient la navette entre le bar, la salle et la réception.

- Vous êtes les amies d'Alexandre Etcheverry ! Bienvenue !

Alexandre n'était pas encore arrivé. Julie accompagnée de Madame Loréa, la patronne, alla jeter un œil à la salle à manger laissant Aurélie à son mari venu avec ses copains de surf. Un belle table imposante par son nombre était dressée. Elle sortit les marque-places qu'elle avait confectionnés. Des petits cartons de couleurs évoquant le profil d'un bahut de trente cinq tonnes avec le nom en écriture ficelle d'une encre dorée. Des petits billets roulés sur lesquels étaient imprimés des citations humoristiques. Des friandises aux amandes. Elle ajouta un menu devant chaque couvert. Installa sur un guéridon le livre d'or des 30 ans avec les premiers cadeaux personnels que certains lui avaient remis. Elle y ajouta l'enveloppe collective dont elle redressa le nœud de bolduc qui avait souffert dans son sac. Elle avait demandé à ce que les serviettes soient pliées en vagues, un truc qu'elle avait vu ailleurs et qui lui avait plu. Des chandeliers et des « Bon Anniversaire » dorés d'un graphisme à la Stark soulignaient la classe de l'ensemble. Elle eut un regard de satisfaction - *Alex serait content !* - et retourna au bar.

Elle croisa Aurélie qui venait à sa rencontre toujours aussi guillerette.

- C'est ok Aur. ! Viens voir !

Elle adora l'originalité des menus et des petits trucs que Julie avait ajoutés. Elles faisaient le point sur l'ensemble lorsque le personnel fit son apparition. Puis un brouhaha les fit rejoindre le bar.

Le groupe s'était étoffé et les têtes inconnues vite intégrées. Alexandre étant le trait d'union de tout ce petit monde. Et justement, le voilà qui traversait le hall d'entrée. Il eut droit aux applaudissements.

Radieux, élégant au possible, il fit excuser son retard avec moult embrassades, compliments et autres poignées de main. Il pria ses invités de rejoindre la salle à manger où le personnel se tenait déjà prêt.

Il laissa « baba » Julie et Aurélie quand il embrassa les restaurateurs, puis fit les présentations : Loréa et François. Loréa n'étant autre que sa cousine germaine et François son mari depuis quatorze ans.

Coquin d'Alex, il s'était bien gardé de le dire. Les filles lui firent les gros yeux. Il s'en excusa avec un sourire charmeur qui mit fin au sujet, il ajouta :

« Merci vraiment pour le coup de main ! Sans vous, j'étais cuit ! Venez, suivez-moi !

Dans un coin du vestiaire, discrètement, il leur donna à chacun un petit paquet sorti de sa sacoche qui ne le quittait jamais. Impatiente Aurélie fit sauter le bolduc, un carré Chakok magnifique.

- Tu es un amour !

- Va vite le montrer à ton mari pour le fun, je vais peut-être arriver à le rendre jaloux !

A son tour Julie ouvrit son paquet :

- Tu l'as trouvé ! Mais comment ? Tu étais au courant ?

- J'ai mon informateur. J'ai cherché dans tout Pau mais j'ai trouvé ! Elle fixa la couverture du livre : « LA COQUILLE BLEUE - just a story » - Peter Hayerson, *celui du film !*

Elle se jeta sur Alex pour l'embrasser. Se mettant sur la pointe des pieds elle lui glissa dans l'oreille un « T'es un amour ! Merci Alex ! » Ce faisant elle avait senti une chaleur l'envahir en écrasant sa poitrine sur la sienne ; elle était fiévreuse tout à coup.

- J'ai autre chose pour toi ! Lui confia gentiment Alex troublé lui aussi par la spontanéité de Julie. Et il la poussa jusqu'au recoin des vestiaires plus discret.

Il lui posa sur ses mains entre-ouvertes un petit paquet revêtu d'un papier noir et argent. Allez, ouvre !

Elle le déballa fiévreusement et y découvrit dans un écrin de satin ivoire un petit brillant accroché à un jonc doré. Ses yeux se mirent à briller à leur tour. Avec émotion, Alexandre lui pris des mains le bijou et lui en enserra le cou. Elle se laissa faire complètement submergée par l'émotion, le bonheur.

Son cœur se mit à battre à deux cents quand Alexandre l'embrassa sur la bouche, elle planait carrément ou plutôt elle fondait littéralement. Après ce baiser d'enfer, il la fixa sans un mot. Mais tous les deux avaient les yeux pleins d'étoiles et leur silence mutuel en disait long sur leurs sentiments. Elle se serait lovée encore un long moment s'il ne lui avait pas rappelé que les invités attendaient juste à côté.

Il posa gentiment son index sur son petit nez retroussé.

- J'adore ce petit nez qui regarde « péter les anges »... Tendrement il déposa encore un baiser sur les lèvres.

- On nous attend, allons y ! Avec grâce il lui tint la main jusqu'à la table comme dans une scène romantique sous des yeux ébahis mais néanmoins malicieux. L'un glissa à son voisin :

- Pour un cadeau d'anniv, c'est un cadeau d'anniv ! »

Un autre : Il l'a « pécho » ! C'est cool !

C'est là que Julie réalisa que les copains avait changé un peu le plan de table, se retrouvant ainsi à côté d'Alex alors qu'elle s'était octroyée une place un peu plus loin, laissant l'espace aux amis d'Alex que personne ne connaissait. Mais elle avait deviné la connivence, toujours la connivence. Discrètement elle adressa un coup d'œil à Fred et ajouta du bout des lèvres « Traître ! »

- Mais non tu vois, on a juste anticipé ! *(elle apprendra plus tard qu'un indiscret les avait surveillées dans le petit recoin des vestiaires et les avait dénoncées avec plaisir)*

Fred entraîna les convives : Les cadeaux ! Les cadeaux ! Les cadeaux !

Alex s'exécuta. Des livres, un caisson de produits terroir d'Espelette, et la fameuse enveloppe : un billet pour un stage week-end à Bidar, parachute et parapente avec survol de la côte.

Remerciant de quelques mots les copains, et la voix légèrement chevrotante il insista sur la collaboration précieuse d'Aurélie et de Julie pour l'organisation de cette soirée. Sur ce, il demanda à cette dernière de se lever. La serrant contre lui, sans pudeur, il l'embrassa fougueusement.

Et ce fut la folie générale. Les uns sifflèrent, hurlèrent des « Heehaa ! », applaudirent, et d'autres encore qu'il fallut raisonner pour qu'ils ne montent pas sur les tables, les serviettes projetées en l'air. Ils entonnèrent de concert un « Happy Birthday » bien saccagé par les effets secondaires du mojito pour certains. Puis finalement ils entourèrent tous le couple et les baisers fusèrent.

Le personnel éberlué à l'entrée de la salle à manger ne savait comment appréhender une telle frénésie et avait de sérieux doutes sur la suite du repas. Le Maître d'hôtel se grattait la tête, une des serveuses l'interrogeait du regard. Un grand, le sommelier, lui, fixait comme si il avait vu une apparition, Julie et son compagnon.

On fini par retrouver la raison. Chacun reprit sa place et devisa sur le nouveau couple ou les cadeaux ou le repas qui promettait l'excellence : la Table du Pottok était réputée.

Il firent un repas somptueux et le service à la hauteur combla chacun des convives qui ne cessèrent d'un clin d'œil à Alex de le remercier et lui faire comprendre leur satisfaction. Décidément Alex savait bien faire les choses.

Au début du repas Fred s'était étonné du regard discret mais insistant du sommelier sur Julie. Il lui en avait glissé un mot mais cela ne l'avait nullement ennuyée, un parfait inconnu pour elle. Puis il l'oublièrent.

Lorsque le maître d'hôtel proposa les cafés et l'Izarra, Alex rappela la fin de soirée au Club AINOHA pas très loin du Pottok, et l'obligation de prendre la voiture. Des « Sam » levèrent la main.

Ils traînèrent encore un long moment au restaurant tant ils avaient été choyés, repus. Ils ne furent pas avares de compliments à l'encontre de la cuisine et du service - *la cagnotte avait circulé et laissé un bon pourboire au personnel* - lorsqu'ils prirent congé, réitérant les mêmes satisfactions aux cousins restaurateurs.

Une surprise attendait Alex au Club. A l'initiative des copains d'enfance, une partie de la fanfare dont il avait été un des sociétaires, plus jeune, se mit à jouer un « SING SING SING » endiablé. Ce swing de Louis Prima, bien rétro donna le ton de la soirée. Swings, Rock, Slows se succédèrent en intercalant les be-bop et intégrant quelques « Métal » à la mode.

Alexandre s'y était déchaîné et à leur tour, Julie, Fred et Aurélie et tout le petit groupe. Il y avait bien longtemps qu'ils ne s'étaient autant amusés dans une boîte.

A l'aube, les amis se quittèrent transpirants, mais heureux d'une aussi belle fête.

- A bientôt ! dirent-ils en cœur.

Alexandre n'avait pas lâché la main de Julie. Il lui fit encore des compliments sur ces bons moments qu'il lui devait. Il l'embrassa encore et encore jusqu'à sa voiture et enfin seuls, lui confia qu'ils retournaient à Larreda, une chambre était retenue à l'hôtel voisin de la Table du Pottok.

6   DANS LE COFFRE

MARION

M arion avait parlé au téléphone avec son père, rentré tard. Elle lui avait rappelé la commission de Papi Tze. Partant en fait le lendemain matin pour Toulouse, Paris et Brisbane pour un séjour de trois semaines au pays des wallabies, ils y retrouvaient le frère de Juliette avec un couple d'amis pour une escapade touristique.

Débordé, il lui avait envoyé plus tard un SMS : « Je l'ai complètement avalé. S'il te plaît, recherche ce carnet violet et ce dossier, je n'aurai pas le temps. Le coffre est dans la chambre de mon père. Combinaison, la date de naissance de Mamie Line suivi de la lettre A. »

Étonnée d'être dans une telle confidence, la voilà qui avait le droit, le devoir de fouiller dans les affaires de Papi Tze pour la deuxième fois en deux jours.

Le lendemain Marion ouvrit le coffre dans la penderie de la chambre (040333A était la combinaison), et trouva le carnet violet avec le dossier « immo ». En le soulevant, elle aperçu alors un coffret en aluminium tressé qu'elle se rappelait alors très bien. Sa grand-mère s'en servait régulièrement, à l'intérieur il y avait toujours les chocolats ou sucreries « que pour ses petits ». Avec son frère ils tournaient alors autour d'elle en sautillant pour attraper ce que mamie leur destinait.

Oubliant sa discrétion naturelle, n'y tenant plus, elle ouvrit la boîte avec un sentiment de culpabilité.

Sous les deux premiers feuillets d'un avis d'imposition, elle découvrit une photo qu'elle connaissait bien : son père donnant la main à son frère sur les quais de la Dordogne à Libourne. Une date : juin 2002. Les souvenirs montèrent à la surface, émouvants et chargés d'histoire. Elle se rappelait comment son frère Antoine, en fait son demi-frère, qu'elle adorait et qui avait été élevé avec elle, lui avait répétée, décryptée cette histoire dévoilée vers ses six ans, mais qu'à l'époque, elle n'avait pu totalement comprendre.

Elle avait à peine trois ans, Bruno son père vivait mal son divorce avec Hélène sa mère. Un soir d'hiver, cette dernière avaient perdu la vie dans un accident de voiture avec son nouveau compagnon. La brutalité de l'évènement avait fracassé la vie de Bruno et seul il essayait d'assumer son rôle de père. Malgré son travail prenant de développeur infographiste il s'efforçait de s'occuper de sa fille grâce à ses propres parents alors que ceux d'Hélène ne donnaient plus signe de vie. La vie allait ainsi jusqu'au jour où lors d'une visite chez le dentiste il fit la rencontre qui allait bouleverser sa vie, leurs vies.

Dans la salle d'attente une jeune femme patientait devant le retard anormal dudit dentiste. Son fils, occupé à farfouiller dans les jeux mis à disposition dans un coin de la pièce tourna subitement la tête surpris, par l'arrivée de Marion et son père.

Celle-ci lui lâcha instantanément la main pour rejoindre le gamin. Bruno réagit à peine, tout étonné de cette réaction puis s'installa sur un siège, adressant à la maman un air contrit. Les bambins s'amusèrent un long moment avec une complicité désarmante jusqu'à ce que sa mère dut se lever. Le ton à peine autoritaire ne suffit pas à séparer les deux enfants.

Elle négocia avec le papa de Marion la garde des deux petits. Vingt minutes après ce fut l'inverse et les parents ressortirent ensemble de l'immeuble, les deux enfants ne se lâchaient pas. Ils se revirent à nouveau et finirent par se fréquenter assidûment.

Deux ans après, Bruno et Juliette se pacsaient Bruno adoptait Nicolas, Juliette adoptait Marion. Papi Tze et Line, heureux, comblés de bonheur.

Assise sur le coin du lit, elle retira un article de Ciné-Cinéma traitant du dernier film de Genaro Maltesi, réalisateur de films d'art et d'essai et surtout polémiqueur. Mais son nom ne lui disait rien.

Elle découvrit quelques photos de son grand-père lors de cocktails en compagnie de « personnalités » à en croire le service d'ordre ou la qualité du buffet. Elle s'attarda sur un marque page des éditions S.P. REYNAL, qu'un nommé Pierre avait annoté ainsi : *« félicitations mon cher Stéphane »*. Quelques coupures de journaux, enfin, terminaient cet inventaire.

Toutes titraient : « Succès mérité, le premier livre de Peter Hayerson, nominé dans les meilleurs premiers romans ».

Elle ne suivait pas l'actu littéraire et c'était un inconnu pour elle. Mais que faisaient ces documents dans les affaires de Papi ? Elle se rappela tout à coup ce bout de papier qu'elle avait laissé près de la bibliothèque. Elle relut « Peter Ha » et releva la tête vers le rayon de la bibliothèque d'où elle avait extrait l'album photo. Ça y est, c'est là qu'elle avait aperçu le nom de l'éditeur sur le talon d'un livre blanc.

Elle reprit la chaise, grimpa jusqu'aux bouquins avec excitation. Là ! Parmi eux se trouvait un livre broché. Une couverture blanche, sobre, une coquille bleue en filigrane sur un pan de mur à pierre sèche, le titre du livre se détachait en écriture bâton prenant toute la largeur.

Sous le titre, un discret «just a story !» en italique suivi de l'auteur : PETER HAYERSON. Sur le talon du livre, un cartouche : les « éditions S.P. REYNAL ».

Une feuille pliée, à priori une lettre à l'entête de B. Caroll adressée à Mr. Royer était fichée dans les premières pages du livre. Une déchirure amputait d'un angle ce document. Marion n'eut aucun mal à associer celle-ci avec le bout de papier qu'elle avait ramassé.

Rassemblés les deux morceaux du puzzle, elle lut :

« à Monsieur Stéphane ROYER... le 23 juin 2016... Suite

à notre entretien téléphonique veuillez trouver ci-joint le contrat d'option type que nous rédigerons pour vous avec la société de production CINEGRIFFE pour l'adaptation de votre roman «La Coquille Bleue - Just a story» sous le nom d'auteur PETER HAYERSON. D'un montant de 5 800 euros à la signature du contrat, cette option exclusive laisse au Producteur une période de six mois sur la cession des droits nécessaires à la réalisation et à l'exploitation du film...

Nous nous rapprocherons de vous dès la semaine prochaine pour la bonne fin de ce projet.

Dans cette attente, veuillez agréer... »

Marion avait lu ce document à toute vitesse, son cerveau s'était mis à bouillir d'étonnement, de curiosité. Elle n'en revenait pas.

Papi aurait donc écrit un roman sous un pseudo, peut-être obtenu un prix, aurait eu l'opportunité de le faire adapter au cinéma. ?

Et personne ne s'en était douté ?

Papa n'avait rien dit. Peut-être n'était-il pas au courant ?

Comment ont-ils pu passer à côté de cet ouvrage ? Elle-même aurait pu ne jamais s'en apercevoir.

Le cœur en surrégime, elle serra le livre sur sa poitrine.

Elle allait le garder, le lire.

C'était son Papi qui l'avait écrit. Mais comment allait-elle garder - ou pas - ce secret ?

Sur le point de fermer l'appartement elle réalisa subitement qu'elle était venue pour un carnet violet et un dossier. Elle les avait laissés dans la salle à manger, toute concentrée à sa découverte.

Décidément troublée, elle fit mine de rien en remettant les documents à son grand-père, resta peu de temps, prétextant un rendez-vous.

Cela fit sourire Papi Zte.

- A demain ma chérie !

Elle dévala les escaliers de l'hôpital, couru jusqu'à sa Seat et fonça chez elle, le cœur palpitant, tant elle était impatiente de découvrir le livre de son grand-père.

Elle l'ouvrit, prit une grande respiration.

7   A L'HÔPITAL

8 JUIN

L a semaine arrivait à sa fin. Julie filait le parfait amour avec Alex. Après leur première nuit à Larreda, ils étaient partis en amoureux à San Sebastian que Julie n'avait pas eu le temps de découvrir depuis son arrivée dans le pays basque. Ils se perdirent dans les petites rues de la vieille ville, prirent le funiculaire du mont Igeldo. Julie resta un long moment immobile aux milieux des pins, fascinée par la vue sur la Concha. Ils ne cessèrent de s'embrasser, de se dire des mots tendres, de se découvrir.

Pour calmer une petite faim qui se faisait sentir, ils descendirent déguster les fameux pintxos près de la plage. En fin de soirée seulement ils rentrèrent à Bayonne. Ils se séparèrent sur le trottoir, se promettant une meilleure organisation pour le lendemain. Julie devait rentrer chez elle pour son chat, Alex démarrait très tôt pour un rendez-vous à Salies de Béarn.

Lundi soir, ils s'étaient retrouvés chez elle. Il avait aimé son appartement de poupée, avait sympathisé avec Esope. Il avait insisté cependant pour qu'elle vienne à Chiberta partager sa villa, vivre avec lui. Parfaitement d'accord et secrètement empressée elle lui demanda cependant un petit délai, juste un peu de temps.

- Pas de problème, ma chérie ! Pourvu que ce soit hier ! Il pouffa.

- Non ! Donne moi quelques jours. S'il te plaît ! Juste quelques jours !

- Allez, oui, je veux bien. Je t'aime ! Il vit alors le volume de Peter Hayerson sur la table de la cuisinette.

- Alors ? Le bouquin te plaît ?

Elle s'excusa de ne pas avoir pris encore le temps de le lire. Il ajouta d'un air amusé :

- Tu ne peux pas tout faire, ma chérie ! Tu devrais dormir, la nuit ! Hein ?

Ses yeux enflammés avaient répondu :

- Tu vas voir ! et elle s'était jetée sur lui.

Jeudi après midi, elle prit un appel Tatie Gabrielle.

La femme de ménage n'avait pu rentrer chez sa

mère, fermée de l'intérieur. Les pompiers avaient dû intervenir. Gabrielle avait suivi les va et vient et comprit ce qui se passait. Elle avait appelé Julie qui prenait connaissance au même moment d'un message sur le répondeur : sa mère était transférée à l'hôpital dans un état sérieux, on lui avait laissé un numéro d'appel.

Aussitôt elle le composa, elle apprit que sa mère avait dû mélanger cachets et alcool, avait chuté dans les escaliers de l'étage et se trouvait pour l'heure confuse. Elle jugea inutile de se rendre tout de suite à son chevet et avertit son frère.

Elle s'attendait à ce que cela arrive un jour, flegmatique, elle ne s'affola pas une seconde et verrait comment gérer leur visite avec Nicolas. Elle laissa passer la journée du lendemain entre-coupée du repas hebdomadaire au Pub avec les copains.

Ils la trouvèrent rayonnante malgré la mauvaise nouvelle qu'ils avaient partagée. Ah l'amour !

Julie n'avait cessé d'être une jeune femme agré-able en tous points, son minois pouvait faire cra-quer quiconque. Ils le lui avouèrent quand même par la voix d'une fidèle du groupe.

- Ma chérie, l'amour te va si bien !

Alexandre poussa Julie à ne pas retarder la vis-ite à sa mère, suite au compte-rendu du professeur qui la suivait dans son service qu'elle avait joint vers quinze heures. Du coup, elle confia à Alex les travers de sa mère, son addiction à l'alcool qu'elle pensait récente, à la hargne permanente qu'elle avait contre tout et la terre entière.

Il montra beaucoup de bienveillance, cela toucha Julie.

Elle retrouva son frère samedi matin à La Périgote. Un café vite avalé et ils prirent rapidement la route pour Langon. Sylvie était sur un marché, Julie fut déçue de ne pas l'avoir vu. Une heure plus tard, ils entraient dans le parking de l'hôpital.

Le professeur Gillet leur confirma l'état de santé de leur mère qui n'était pas brillant. Un lavage d'estomac avait été nécessaire, un scanner aussi, pour vérifier son hématome sur le pariétal gauche, un plâtre sur son bras gauche, l'humérus fracturé. Mais les analyses avait alerté et inquiété le professeur.

- Votre maman avait un problème avec l'alcool ? Avait-elle un infirmier pour lui donner les remèdes ? Parce que les analyses de sang puis une écho du foie a mis en évidence une cirrhose importante. Julie expliqua comment vivait sa mère, son agressivité, son mal-être...

Le professeur la garderait en soins intensifs et les tiendrait au courant.

- A très bientôt, Monsieur, Madame Royer !

Un médecin passait à ce moment-là, entendant leur nom, il se retourna.

- Monsieur Royer ? ... Nicolas ? Julie ?

- Oui, Doc...teur ! Vous...

- Je vous reconnais, ça fait un bail ! Je me souviens de vous lorsque vous veniez chez votre grand-père. Je l'aidais à remonter des murs, vous aviez cinq, six ans.

C'est drôle, vous avez gardé l'un et l'autre vos traits, je vous ai reconnu à l'écoute de votre nom. Alors ça... Et comment vont vos grands-parents ?

Julie dans l'étonnement répondit :

- Ils sont décédés, il y a deux ans et...

- Ah ? Je suis désolé...

Son beeper vibra, il dut mettre un terme à la conversation, s'excusant.

- Pardonnez-moi, je dois y aller. Mais je vous reverrai bien par là ? A plus !

Elle regarda Nicolas, interrogative.

-Tu te rappelles, toi, de ce toubib ?

- Non ! J'ai vu son nom Jul... je pense Julien Calvette.

- Mais ! Il n'y avait pas de murs chez le grand-père. Souviens-toi, la haie, avec des buissons ardents au milieu. Un paquet de ballons y ont laissé leur peau sur les longues épines.

Nicolas ajouta:

- A moins, à moins que... Tu crois qu'il aurait pu parlé de l'autre grand-père, celui dont on ne parle jamais, celui que tu as évoqué l'autre jour, en parlant du film que tu avais vu ? Ce que tu m'a raconté m'a titillé, depuis j'ai ressassé... Alors, rien n'est impossible.

- Ah oui ! Peut-être !

Ils restèrent dubitatifs et rejoignirent l'accueil pour la paperasse administrative. Il manquait des documents, ils seraient obligés de les récupérer chez leur mère.

Cela ne poserait pas de problèmes, ils avaient prévu de rendre visite à Tatie Gabrielle, ils prendraient les documents en même temps.

Un bouchon à la sortie de Langon leur fit mettre plus d'une demi-heure pour rejoindre le lotissement. Nicolas le « bûcheron » pestait, Julie, en citadine aguerrie se moquait de lui. Ils s'arrêtèrent d'abord chez Gabrielle.

- Alors, mes bouts de chou !? Que je suis heureuse de vous voir !

- Des bouts de chou, Tatie, c'est plus des bouts de chou depuis longtemps ! S'amusa Nicolas.

- Ah ! Mais vous serez toujours mes bouts de chou. Alors, comment vous allez, et les jumelles, et votre maman ?

- On va tous bien, j'ai prévenu les jumelles qui n'ont pas été plus étonnées que ça des frasques de maman. Remarque, nous non-plus, il y a quinze jours, on l'avait trouvée « à l'ouest ». Le ménage, c'était la « cata », rien de rangé, je ne parle pas du jardin, abandonné, que papa soignait comme ses prunelles.

- Ecoute, Julie ! Répondit Gabrielle, elle a mis dehors le jeune qui s'occupait du jardin, s'est bagarrée le mois dernier avec la femme de ménage, devant ma porte, pour des broutilles de rien. Ta maman est devenue ingérable, agressive et puis tu sais, la bouteille, elle y va sec !

- Le professeur nous l'a confié et le mélange avec les remèdes l'ont torpillée. Résultat elle a basculé dans les escaliers.

Gabrielle était heureuse de leur visite, improvisant rapidement, elle avait dressé sur un guéridon recouvert d'une dentelle des assiettes remplies de gâteaux secs, elle leur servit le thé. Ils conversèrent encore un long moment. Il promirent de donner des nouvelles. Il adoraient cette femme qui aurait pu être leur mère, toujours disponible et aimante, leur nounou, leur « Tatie » Gabrielle.

Ils traversèrent la placette. Dans le fouillis inextricable de la villa, ils parvinrent à retrouver les papiers que réclamait le service hospitalier. Dépités, scotchés par un tel bazar, ils ne comprenaient pas comment leur mère avait pu se laisser aller comme cela. Ils reprirent la route, il fallait rentrer à Sabres et Bayonne, et chacun était pressé de retrouver son double.

Finalement, Julie resta dîner à l'invitation de Sylvie, trop heureuses l'une et l'autre de partager encore un bon moment. Elle rentra tard à Chiberta, Alexandre l'attendait le verre à la main, l'œil triste :

- Ma chérie, je désespérais déjà et noyais mon chagrin.

- Mais ça va pas ? Je t'ai laissé un message, puisque tu ne répondais pas ! Moi aussi j'ai besoin d'un remontant ! - elle se jeta sur lui avec force baisers amoureux-.

Elle se rendit compte qu'il ne buvait que du jus de pomme, elle respira. Il aurait bu du whisky, bien sûr qu'elle ne lui aurait pas reproché. Mais aujourd'hui, elle y était sensible, le sujet la dérangeait. Elle bu une rasade du verre d'Alex et lui résuma sa journée.

Il la regardait, amoureusement, s'agiter, vivre l'histoire qu'elle racontait. A son tour, il raconta la sienne, la routine. Hésita un instant pour lui avouer l'imprévu, son départ avancé de vingt quatre heures pour son congrès.

Elle connaissait les contraintes de leurs métiers, les exigences de leurs directions. Julie accepta sans broncher ce contre temps en faisant une discrète moue triste. Puis elle joua « tu viens me consoler, dis ? » en courant vers la chambre.

8   LES PREMIÈRES LIGNES

Marion s'était blottie dans un coin de son canapé deux places en tissu fauve. Bien calée, elle jubilait avec pourtant un soupçon d'inquiétude, le livre à la couverture blanche dans la main.

* LA COQUILLE BLEUE * *PETER HAYER-SON*

Ils avaient acheté l' « Aubespie » dix huit mois plutôt, sur un coup de cœur. A la sortie de Rivière sur Tarn, il fallait s'engager dans la rue de La Fontaine. Une vieille flèche de bois fichée sur un frêne, vous assurait que vous étiez proche. Au bout, après deux vieilles bâtisses abandonnées, la rue s'ouvrait sur une belle propriété où trônait le « cube » comme aimait dire Colette, sa femme.

Cette maison avait été construite en 1878, le linteau de la porte principale l'attestait, par un ingénieur des Chemins de Fer du Midi chargé de la construction de la ligne Neussargues-Bézier.

... La maison restaurée dix ans plutôt, se trouvait de fait à quelques kilomètres de la ville où Henri avait créé le premier site de son entreprise et où il gardait encore des contacts précieux. Sitôt visitée, tout s'était accéléré : les diagnostiques, la négociation puis le passage chez le notaire, et... des travaux de bricolage qui avaient avalé tous les week-ends.

La propriété s'étageait sur trois plans séparés par un muret. De petits escaliers en pierre permettaient de rejoindre chaque parcelle. Ainsi, la maison entourée d'un gazon bien entretenu dominait de trois mètres les vestiges d'un potager, lui-même au dessus d'un verger en bien meilleur état. Au fond, un portillon permettait d'accéder rapidement au bord même de la rivière qui serpentait mollement à cet endroit.

L'ensemble clos de murs avait un certain charme qui avait su les séduire. Le terme clos de murs était vite dit : en effet plus de la moitié avait besoin d'une bonne restauration, mais cela n'avait pas rebuté Henri ancien maçon. Et dans cette entreprise il avait trouvé de l'aide auprès du fils du voisin qui s'était spontanément et gentiment proposé. Un Benoît courageux de quinze ans avec qui il s'entendait bien. Il lui avait fait découvrir les boutisses, les panneresses, les cales et partager volontiers quelques ficelles du métier.

Habitant Rodez, en appartement, ils avaient espéré dix mois auparavant, se rendre acquéreurs de la maison de la grand-mère de Colette qui l'avait élevée. Une maison caussenarde située sur le plateau de Roques-Altes, après Millau.

Mais l'oncle héritier, n'avait rien voulu savoir : célibataire, il habitait à vingt kilomètres de cette maison dont il ne ferait rien : mais il voulait la garder, point final !

Les propositions pécuniaires, les arguments même les plus objectifs, rien n'y fit. Colette le regretta fortement. Pourtant, elle en avait des souvenirs dans cette maison et c'est le cœur serré qu'elle en avait fait son deuil.

En parlant avec Paul Vidalenques, l'ami de toujours qui était dans la maçonnerie leur avait indiqué « l'Aubespie ».

Robert Ducros, un autre ami de longue date, agent immobilier (c'est avec lui qu'Henri avait acheté son premier dépôt) s'était chargé des démarches...

La déco intérieure et quelques aménagements à leur goût, le verger, le potager, tout avait été revisité ou amélioré. Les murs à pierre sèche étaient quasiment tous remis debout, si le gros œuvre de la maison elle-même n'avait nécessité aucun effort, deux trois détails restaient encore à terminer.

A la retraite depuis peu, il mettait cependant les bouchées doubles, il désirait tellement finir ces travaux et souffler. Ils pourraient bientôt venir plus souvent et plus longtemps.

*

* *

Henri et Colette avaient réussi à occuper les deux petits enfants malgré le temps pluvieux qui ce samedi matin, les contraignait à rester à l'intérieur. Les parents les leurs avaient confiés pour la première partie des vacances de février mais cette « garde » avait un goût amer. Ils avaient dû en effet insister, presque exiger pour l'obtenir. C'était bien la première fois.

Il venait de coller le dernier lé de papier peint sur le dernier mur de la chambre dite mauve. Il descendit de l'escabeau et poussa un ouf et un eeh de satisfaction. Guillaume fit de même, et Pauline en petite bonne femme avisée de cinq ans, singeant les grands, mettant ses mains menues sur ses hanches fit aussi part de sa satisfaction.

Ce samedi, on allait fêter les six ans de Guillaume dans moins d'une heure et au grand dam de Colette, Henri avait décidé de finir ce chantier ce matin-là. Pendant qu'elle s'affairait en cuisine, lui, se débattait avec ses rouleaux, la brosse et les deux marmots qui naviguaient entre le pot de colle, la table à tapisser et l'escabeau.

Sebastien et Luisa, les parents n'arriveraient que vers midi et passeraient le reste du week-end avec eux. Seraient absents de la fête : les beaux-parents de Sébastien, en voyage, son frère cadet Didier, et sa fille Charlotte.

Guillaume insista pour aider son grand-père à ranger leur bazar. Ce dernier accepta volontiers mais avant, il prit soin de glisser à l'oreille de la petite blondinette un secret :

- Ma chérie, tu veux bien aller voir mamie ?

Tu vas l'aider à décorer le gâteau d'anniversaire ? Mais chuuut, c'est un secret ! ».

Elle était parti en trombe le doigt sur la bouche en criant à Mamie, « Mamie, Mamie, ze viens ! C'est un zecret ! Chuut ...! »

Guillaume n'avait rien entendu. Ouf !

Colette avait souri, décidément cette enfant était adorable. A cinq ans elle montrait à la fois de la douceur et un esprit vif, mais ses mimiques et son cheveu sur la langue récemment apparu suite à la disparition d'une incisive finissaient de la rendre craquante.

Papi et Mamie étaient un peu gagas de leurs petits-enfants, dommage qu'il manquât Charlotte. Ce «gâtisme» était assumé et le manque d'objectivité sur le sujet ne dérangeait aucunement les grands-parents. Les trois petits adoraient passer quelques jours ou quelques heures avec eux.

Les petits « bouchons » comme elle aimait les appeler étaient choyés et ils le leur rendaient bien.

Colette venait d'apporter le gâteau d'anniversaire et Guillaume tapait déjà des mains. Prêt à souffler, il avait rapidement enjambé la chaise et se serait quasiment couché sur la table si son grand-père ne l'avait retenu... Sa petite sœur voulait aussi souffler, alors Luisa, la mère, ralluma les bougies. Puis on fit les photos, à deux, à trois, puis tous ensembles.

Enfin Mamie Colette partagea le gâteau et Henri amena le cadeau. Guillaume déchira le papier décoré avec force, détermination et une rapidité qui surprit tout le monde.

« C'est ça que je voulais » cria-t-il en transe, devant un petit vélo jaune et vert et sans petite roue, s'il vous plaît ! Un vélo de grand !

La grand-mère le calma, le priant de dire merci et d'embrasser tout le monde. Sitôt fini cette «corvée», il n'eut de cesse que son père l'accompagnât au dehors pour en faire un tour.

Pendant ce temps, personne n'avait fait attention à Pauline, cette dernière décorait le dossier de la chaise, d'un doigt enrobé de chocolat. Henri éclata de rire et Colette ne sut comment intervenir *(Trop drôle !)*

Mais Luisa ne le prit pas de la même façon et réprima plus que nécessaire sa fille qui se mit à pleurer et finit par un caprice. La mère la ramassa alors et la tira littéralement jusqu'à la petite chambre rose.

Les grands-parents jugèrent la sanction et la conduite de leur future belle-fille démesurée, ils en avaient certes l'habitude, mais ne s'y faisaient toujours pas.

Alors ils se regardèrent : Henri exprima un « pouuf ! » de désolation, Colette entreprit le ravalement de la chaise.

Ce n'était pas le moment d'en rajouter, le repas avait déjà été assez tendu. C 'était l'anniversaire du petit, mais c'était aussi l'occasion de mettre en place l'organisation du mariage de Luisa et Sébastien qui voulaient régulariser une union qui durait depuis sept ans.

La fête était prévue en juin, sur Rodez dans les salons du traiteur. Le plus souvent circonspect, Sébastien adhérait apparemment aux propositions de ses parents. Luisa, elle, restait muette ou par une moue non déguisée faisait part de son désaccord.

Elle rejoignit la table, les sanglots de Pauline qui déchiraient le cœur du grand-père avaient enfin fait place à quelques hoquets. Dans cette ambiance délétère Colette voulu briser le silence, et d'un ton maternel en s'adressant à Luisa :

- Luisa...

Cette dernière coupant la parole, alors éclata, stupéfiant tout le monde.

– Vous avez bien dit que le traiteur serait Raymondi ... La classe ! Quoi ! Vraiment vous voulez épatez la galerie ! dit-elle en lui soutenant son regard.

Henri ne comprenant et ne supportant pas cette réflexion surprenante, s'énerva.

- Stop Luisa ! N'ajoute rien, tu vas dire des bêtises ! De plus, Sébastien a validé le projet Non ? Henri n'y tenant plus, voulait désamorcer ce qu'il voyait dériver en conflit. Luisa n'avait pas répliqué mais son œil noir en disait long sur sa désapprobation.

Depuis sept ans ces deux jeunes vivaient ensemble à Espalion, leurs deux enfants avaient comblé de bonheur toute la famille. Ils avaient décidé de « légaliser » leur couple et ce mariage devenait un évènement pour Henri et Colette. Et voilà qu'aujourd'hui sa simple organisation prenait une mauvaise tournure.

Pendant le repas, Colette apaisante avait justifié le projet au vu de leur qualité de commerçant. L'ensemble de leurs clients muté en réseau amical leur imposait au minimum une fête digne de ce nom, même si elle pouvait l'envisager au plus simple. Par respect pour toutes ces relations, qui l'avaient invitée elle et Henri à des réveillons, des fêtes marquantes... qui les avaient reçus dans leurs propriétés lors de week-ends prolongés etc ...

Elle, ils, devaient rendre ces invitations et ne pouvaient les priver du partage d'un bonheur véritable. Parce que réellement, ils étaient heureux pour ce jeune couple et étaient sincères.

Luisa côtoyait depuis assez longtemps la famille de Sébastien. Sans aucun doute appréciait-elle leur compagnie puisque sans se faire prier elle se joignait facilement à des sorties communes avec toute la famille, aux repas de fête. Elle donnait même volontiers un coup de main à Colette en cuisine. Parfois même l'accompagnait avec plaisir pour du shopping ou partageait des avis sur de la déco.

Depuis quelque temps Henri cependant, lui, avait remarqué de drôles de propos, des réponses mal fondées pour ne pas dire idiotes et des réticences. Il devait alors la prier longuement pour obtenir quelque chose. Cela avait été le cas pour qu'elle accepte l'anniversaire dans cette maison. Pour autant il ne lui en avait pas tenu rigueur.

Mais là ! Non !

Qu'est ce qui s'était passé, dans leur couple, le travail, leurs relations, pour qu'elle ait changé à ce point, d'en être désagréable. De plus en plus, elle se découvrait une personnalité à peine aimable, fuyante. Henri ne comprenait pas. Excédé, il s'était donc subitement énervé et le regrettait, surtout en l'absence de son fils. Il avait surpris tout le monde, ce n'était pas dans ses habitudes de se conduire ainsi, mais il pensait avoir agit à bon-escient.

Trop, c'était trop !

Le coup de colère avait réveillé la petite qui

dormait dans la petite chambre. Il se leva instinctivement, se dirigea vers le couloir quand il fut rattrapé par Luisa qui d'un ton autoritaire lui assena :

– Je suis sa mère, laissez-la tranquille !

Elle s'engouffra dans la chambre.

Le souffle coupé, Henri fit demi-tour non sans avoir eu la forte envie de la gifler. Il se rassit regardant Colette d'un air abattu, interrogatif, impuissant.

Un voile humide recouvrit ses grands yeux bleus. Désemparé il ne dit plus un mot.

Guillaume arriva à ce moment là avec son fils. Ils s'étaient absentés juste après le dessert pour une ballade à vélo, profitant d'un rayon de soleil. Il se montra satisfait de la performance du môme. Il avait bien pédalé pour ses six ans et avait été heureux de faire la course avec son père. Il avait soif, il courut vers sa mamie en quête d'un peu de coca. Sébastien demanda où se trouvait Luisa. Une indication de la main rapide et désabusée lui donna aussitôt la réponse. Il jeta un œil accusateur à son père et monta la rejoindre.

Quelques minutes passèrent, Colette et Henri se regardèrent : des voix s'élevaient de la chambre. Des cris sporadiques suivirent, puis s'étouffèrent.

L'oreille attentive, ils n'entendirent plus que les pleurs de la petite. Colette quittait le coin cuisine et Henri se levait quand ils les virent descendre les valises à la main.

Luisa poussait quasiment son compagnon. Pauline entre les deux, sanglotait encore. Elle ramassa Guillaume au passage en direction de la sortie. Sans se retourner, elle lâcha :

- On remettra plus les pieds ici. Ils sont en meilleure sécurité avec nous !

Sébastien ne jeta même pas un œil à ses parents, puis la porte d'entrée s'écrasa dans les huisseries. Les cloisons vibrèrent. Henri resta scotché. Colette, les mains posées sur le haut d'une chaise, tétanisée.

La voiture démarra en trombe, des graviers giclèrent jusqu'au perron. Un silence de mort envahit la salle à manger. Une peine dévastatrice parcourut le grand-père, complètement anéanti...

Marion relut cette dernière page. Une certaine émotion l'avait envahie, faisant un lien direct avec son propre grand-père. Etait-il possible que ce texte fut autobiographique ?

... Le samedi se termina dans un chaos sentimental indescriptible : les grands-parents ne savaient que penser, cherchant des réponses, s'auto-flagellant.

Ils n'eurent pas le courage même de se mettre à table. Henri resta sur le canapé, inerte, la « tête à l'envers » jusque tard dans la nuit. Colette sanglotant par moments s'était réfugiée dans sa chambre.

Le lendemain matin ils se réveillèrent côte à côte, convaincus d'avoir fait un mauvais rêve. Ils se levèrent fourbus, avec l'impression d'être passés dans une machine à laver. Puis la réalité prit le dessus, mais le café n'arriva pas à les sortir du malaise qui les prenait à l'estomac.

Colette décida vers neuf heures de joindre son

fils Didier et lui raconta les évènements de la veille. Abasourdi, il resta un moment sans voix puis proposa de les rejoindre. Elle le convainquit de ne pas faire les cent quatre vingt kilomètres qui les séparaient et discutèrent un moment.

Elle raccrocha, fit le compte-rendu à un Henri interrogatif. Il entreprirent de faire les bagages, vider le frigo et retrouver leur appartement à Rodez. Tous deux se sentaient tout à coup mal à l'aise avec l'envie subite de quitter cette maison.

Ils avaient échangé que peu de mot durant le voyage. Le retour dans leurs murs les rasséréna et l'intendance prit le dessus. Il était dix heures, Henri avait vidé la voiture et Colette voulait déjà savoir ce qu'il aimerait manger à midi. Mais un « ce que tu veux ! » geignant pour seule réponse en disait encore long sur son état d'esprit. Elle s'approcha et l'embrassant lui glissa :

« On va résister, laissons passer la tempête ! »

En amoureux qu'il avait toujours été, il la serra fort et lui rendit son baiser. Un peu mécaniquement, il répondit sans conviction :

- On va tenir le coup ! Tu as raison !

Après les aiguillettes au Marsalla qu'elle avait cuisinées et le reste de gâteau d'anniversaire qu'il partagèrent comme pour conjurer un mauvais sort, ils partirent se promener en centre ville.

L'air frais, un autre environnement les sortirent tout à fait de leur torpeur et ils s'installèrent à la brasserie de la Place d'Armes. Ils y restèrent un long moment partageant les derniers évènements avec recul. Le moral avait repris le dessus et demain serait un autre jour.

....
La Coquille bleue - Just a story - PAGE 31

Ce lundi matin, un coup d'œil sur l'agenda rappela à Henri son rendez-vous au siège de Proxiloca à seize heures. Il devait en effet signer des documents permettant d'anticiper les changements de statuts de sa société vouée à s'intégrer à un franchiseur national.

Vincent Leguillou, son associé de longue date, plus jeune de dix ans, allait se charger des formalités, des transactions et de la pérennité de Proxiloca. Henri gardait des intérêts dans l'affaire et avait lâché peu à peu les commandes.

Depuis le mois dernier il avait le droit à la retraite, Colette allait suivre dans deux mois. Ils comptaient bien en profiter.

Colette aussi, devait être occupée cet après-midi-là. En effet, elle ne s'en souvenait plus, mais son amie Virginie lui avait fixé rendez-vous à quinze heures chez elle. Elle ne s'était pas désistée, elle irait donc !...

....

La Coquille bleue - Just a story - PAGE 42

Henri gara l'automobile sur le parking de Proxiloca qui lui sembla bien rempli, c'était plutôt rare. Proxiloca était leur « boîte » à Colette et lui-même. Le siège en était maintenant sur la route de Villefranche à deux pas de la rocade, dans un ancien magasin de meubles qui s'était déplacé vers Onet le Château. Le dépôt était attenant, douzième de la liste.

Depuis trente ans, en effet, la société ne cessait de se développer. Propriétaires de la quasi totalité de l'immobilier par le biais de S.C.I. une Société Anonyme gérait les dépôts. Ils étaient à la tête d'un beau patrimoine mais avaient toujours gardé la tête froide.

Franchie la porte automatique, il fut reçu par Valérie, la secrétaire quasi perpétuelle de la boîte. Elle y travaillait en effet depuis sa création, en connaissait tous les arcanes et vouait une dévotion certaine à son patron qui le lui rendait bien.

La bise faite, il monta quatre à quatre le grand escalier central de verre qui permettait l'accès à l'administratif. Valérie fut étonnée de le voir abréger son bonjour, lui qui d'habitude prend de ses nouvelles, papote même de longues minutes.

En panique absolue, elle appela Vincent comme convenu, sauf que là, c'était chaud ! Aurait-il le temps d'intercepter Monsieur Berthaud !

En longeant le couloir Henri fut surpris d'entendre autant de bruit venant de la salle de réunion, mais toujours sans «tilter» il s'approcha de ce qui fut son bureau et constata l'absence de Vincent. Le temps de se retourner, il le vit sortir de la salle de réunion et fermer doucement la porte.

– Me voilà , je signe où ? Lui cria-t-il avec un large sourire.

– Bonjour, Henri ! C'est prêt ! Viens, suis-moi !

Il suivit gentiment : retour dans le couloir, passage à nouveau devant la salle de réunion. Mais là Vincent fit volte-face, frappa trois coups sur la porte vernie et lui glissa:

– Allez ! Entre !

Henri entra et resta figé. Une assemblée de quelques trente personnes, debout, tournées vers lui, lui firent un tonnerre d'applaudissement. Un invité au micro lui souhaita la bienvenue. Avant qu'un voile humide troublât son regard, il avait eu le temps de reconnaître bon nombre des ses collaborateurs, directeurs d'agence, de vieux et

fidèles clients, des amis et même quelques poli-
tiques. Il avança, cachant son émotion derrière
deux mains. « Ah les cons ! » pensa t-il, réalisant le
traquenard.

Un buffet était dressé, des serveurs au garde-à-
vous, une mini sono sur une petite table, des guir-
landes « *heureuse retraite !* », et sur la gauche...
surprise !

Colette était là (*elle était donc au courant ?*),
avec Charlotte et son père, les Ducros. C'en était
trop, les nerfs à fleur de peau, il ne put se retenir :
des larmes d'émotion, de joies mais aussi des
larmes amères car le souvenir de cette maudite
soirée refaisait surface.

Il fixa Colette qui répondit d'un regard appuyé
et d'un mouvement de lèvres significatif « *elle
aussi avait été piégée* ».

A l'invitation du speaker, il s'approcha de lui,
se retourna, montrant sans scrupules l'émotion
qui l'avait envahi. Colette avait sorti son mou-
choir, Valérie, la secrétaire pleurait tout-à-fait,
Virginie Ducros, guère mieux serrait la main de
Robert, son mari, qui n'en menait pas large non
plus.

En réalité toute l'assemblée avait la larme à
l'œil, puis le Conseiller Général entreprit son discours, un bel éloge, retraçant le parcours de cet
autodidacte, sa réussite. Il souligna ses qualités
humaines et n'oublia pas d'honorer d'un mot très
gentil l'épouse d'Henri qui avait su être son alliée
durant toutes ces années et qui abandonnait elle
aussi prochainement ses activités proxilocasi-
ennes.

« Henri Berthaud avait démarré dans le métier du bâtiment comme maçon chez son père
adoptif. Celui-ci meurt prématurément pendant

le voyage de noces d'Henri et Colette.

Il reprennent alors l'entreprise. La développe jusqu'à dix huit ouvriers en restant fidèle à la petite ville du Rozier. Il prête du matériel à un couple de copains, puis à un autre et cela se sait rapidement. Il structure, se fait rémunérer, l'idée d'une entreprise de location fait son chemin et rapidement, une formation juridique et comptable permet à Colette de gérer seule cette activité. L'opportunité de vendre l'affaire de maçonnerie se présente et Henri change de métier.

Avec Colette il crée Proxiloca à Aiguessac, puis un autre site voit le jour au Vigan, puis Millau, puis Rodez, enfin, douze agences sont développées pour louer véhicules, petit et gros matériel de maçonnerie, bricolage, second œuvre. Aujourd'hui la nouvelle acquisition : deux mini dumpers à chenilles compléteront sa gamme de gros matériel à louer... Proxiloca crée sa treizième agence, à Villefranche de Rouergue et arrose le départ en retraite de son créateur... »

Prenant la suite du conseiller général, Vincent fit part également se son admiration pour cet homme chaleureux, efficace, juste et surtout très proche de ses employés collaborateurs.

La parole fut laissée à Henri qui toujours envahi par l'émotion ne tint que quelques secondes. En souriant, prétextant un mauvais sommeil et une grippe insidieuse, il se priva des quelques mots choisis et humoristiques qu'il aimait glisser habituellement dans ses discours et se cantonna humblement à dire toute son admiration, sa reconnaissance envers ses collaborateurs sans lesquels il n'aurait jamais fait de Proxiloca, la réussite actuelle.

A leur tour, les invités recueillirent ses remerciements et ses compliments. Tous en auraient voulu encore et encore, ils restèrent un peu sur leur faim. Ils ne lui en voudraient pas bien sûr ! Puis le buffet est là ! Allons-y !

Virginie et Robert regardèrent Colette. Eux aussi bien étonnés de la prestation de son mari. Habitués à ses montées en puissance oratoires, ses blagues, ses traits d'esprits, ils ne reconnaissaient pas leur Henri.

Elle les prit à part et la gorge nouée leur confia l'épisode de samedi soir avec sa belle fille et la conduite incompréhensible de son fils. Interdits, ils firent part de leur compassion :

- Eh bien, si on avait pu se douter. Tu sais qu'on est là ! N'hésite pas à appeler si ça va pas. Hein ?

- Merci, merci de tout cœur ! Merci aussi pour le piège ! Mais allons arroser cette retraite !

Ils se rapprochèrent du buffet au moment où les plus jeunes cadres de l'entreprise remettaient les cadeaux à Henri et cherchaient justement Colette pour lui offrir un magnifique bouquet.

Ils avaient été gâtés, caisse de Tokay de Hongrie, magnums de Champagne, un séjour «all included» à Taormina, des petits mots affectueux des enfants mêmes de certains collaborateurs. L'émotion encore s'était concrétisée sur les visages de nos retraités.

Toute la soirée, Henri essaya de parler à tous, donnant le change, montrant une bonne humeur, une affabilité et sa gentillesse naturelle. Fébrile, mais encore meurtri, il ne put cependant se passer de la présence immédiate, du contact de Colette.

Ils dirent le dernier au-revoir à Vincent et aux Ducros. Ç'avait été une belle fête. Alors qu'ils retrouvaient leur auto, main dans la main, Colette stoppa et embrassa fougueusement son mari, elle aussi avait besoin de se mettre à l'abri, de l'aimer, d'être aimée...

....
La Coquille bleue - Just a story - PAGE 65

... Après le petit déjeuner, Colette obtint que son mari appelle son fils Sébastien, elle ne voulait pas rester sur une incompréhension, cela l'insupportait. Henri était bien du même avis mais il lui manquait la motivation alors il se fit violence.

Après cinq tentatives il eut enfin son fils :
- Sébastien ? C'est papa !
- J'ai rien à te dire, j'ai plus rien à te dire !
Un bip bip mit fin à la conversation.

La réponse laconique le troubla et il mit cela sur le compte de la colère de samedi. (*Qu'est-ce que je vais dire à Colette ?*)

Se rappelant que les parents de Luisa devaient être rentrés ce lundi, il entreprit de les joindre.
- Allô, Bonjour ! C'est Henri ! Alors ? Ce voyage ?
- Oui ! oui ! C'était bien ! Mais tu m'appelles pour quoi ? répondit rapidement le grand-père.
- Nous avons eu un problème... avec ta fille et ...
- Je sais ! Mais tu devais t'en douter, non ?, tu n'es qu'un con de pervers ! Fallait pas toucher à notre petite-fille ! De toute façon, tu auras de leurs nouvelles, ils ont déposé une main courante chez les flics !

Il lui avait coupé la parole et assené la réponse avec brutalité, il avait raccroché, sec !

Henri s'assit violemment sur la chaise de son bureau, lâcha le portable. Exsangue, il réalisa alors la violence, la portée des propos derrière l'écouteur.

En proie à des tremblements, puis subitement paralysé, enfin, une respiration longue, très longue, il finit par se lever et rejoindre Colette au salon.

Elle le vit arriver décomposé et s'asseoir enfin avec des sanglots infinis. Elle réussit à lui obtenir quelques mots qui la glacèrent et l'enfoncèrent dans un profond mutisme.

Des minutes passèrent, groguis. Le mauvais rêve continuait, s'amplifiait. Ils appelèrent vers midi les Ducros qui se libérèrent. Un quart d'heure plus tard, ces derniers découvrirent un couple dans le plus grand désarrois. Henri était dans la sidération totale. Il fit part de son incompréhension.

– Mais enfin, vous me connaissez, vous nous connaissez. Vous savez comment nous fonctionnons, depuis le temps !

Comment c'est possible, une accusation pareille ? Je ne comprends rien ! Et mon fils qui valide ça !

Robert le tranquillisa, ou plutôt essaya, car Henri était toujours hoquetant ou pleurant.

Voir cet homme effondré faisait plus que le toucher. Cet homme était presque son frère, sa famille, la sienne. Depuis le temps qu'ils se côtoyaient, se fréquentaient, ils avaient partagé ensemble tous les évènements qui avaient jalonné leur vie.

– On ne va pas rester comme ça ! J'appelle mon avocat !

Quelques minutes plus tard :

Tu as rendez-vous, cet après-midi, quinze heures. Il n'est pas spécialiste de ce genre d'affaires mais son associé pourra t'aider. Virginie consola Colette et lui exprima son absence totale de doutes à l'encontre de son mari.

– Je vais rester avec vous, je ne veux pas que vous vous trouviez seuls.

– Merci Virginie, Merci : c'est affreux ! Mais comment c'est possible ?

Robert dut les laisser à regret. Virginie s'attela à préparer à la cuisine un petit en-cas. L'appétit n'était pas au rendez-vous, c'est sûr ! Mais il fallait bien avaler quelque chose.

En fin d'après-midi, ils virent arriver Henri toujours aussi abattu.

Ils comprirent que l'entrevue avec l'avocat ne l'avait pas convaincu ni tranquillisé.

Dans cette situation, lui avait spécifié l'avocat, vous devez absolument éviter de rencontrer, de voir de près ou de loin vos petits-enfants. Nous tâcherons de savoir si effectivement vous avez été l'objet d'un dépôt de main-courante auprès du commissariat d'Espalion. Nous aviserons alors. Ne vous inquiétez pas, nous vous communiquerons les infos dès que possible.

Il était donc toujours aussi inquiet, la boule au ventre et la désolation lui accentuait les rides du front, lui creusait les joues. Comment, lui, pouvait-il être ainsi accusé de gestes répréhensibles envers sa petite-fille ?

Il s'était toujours conduit en grand-père « normal », aimant et il n'y avait jamais eu aucune méprise, les petits-enfants le lui rendaient bien. Comment, et sur quels arguments son fils pouvait-il s'appuyer pour douter une seconde de la conduite de son propre père ?

Il était donc entré chez lui, tout à ses pensées quand les femmes l'interrogèrent du regard. Elles restèrent en retrait, sans un mot, elles l'invitèrent à prendre le thé, histoire de laisser retomber la tension qui était manifeste chez chacun. Robert les rejoignit et Henri partagea son entrevue, les laissant des plus perplexes. Les Ducros plus optimistes échafaudèrent une suite positive alors que Colette et son mari restaient inquiets et ne cachaient pas leur tristesse angoissée.

Refusant gentiment l'invitation au souper, les Ducros repartirent ayant fait part de toute leur amitié indéfectible. Henri et Colette restèrent seuls, cependant plus sereins, la discussion avec leurs amis leur avait fait le plus grand bien. Ils avaient des alliés et l'avocat les épaulerait...

....
La Coquille bleue - Just a story - PAGE 98

... La semaine fut longue, très longue. L'un et l'autre avaient reporté leurs rendez-vous. Didier téléphonait chaque jour et sa gentillesse apaisait ses parents. Mais lui aussi, avait la consigne de ne pas s'approcher de sa belle-sœur par précaution ou sécurité.

Il n'avait pu joindre son frère, un silence radio qui ne le surprenait pas. D'autant qu'en y réfléchissant : Luisa avait fait du vide autour d'elle. Elle avait coupé les ponts avec certains de leurs copains communs, lesquels en effet s'en étaient ouverts auprès de Didier. Sur le coup il avait pris cela comme une passade, mais maintenant, il comprenait mieux, ou pas : cela restait mystérieux !...

Marion arrêta sa lecture, figée... Elle se rappelait vaguement la coupure avec ses cousins ou plutôt en avait eu conscience. Des photos, des conversations notamment avec son grand frère Antoine avait bien fait état d'un événement grave responsable de la rupture avec le reste de la famille, elle avait alors juste quatre ans. Cette histoire de Peter Hayerson cadrait drôlement avec ces souvenirs remontant à la surface.

... Les Ducros comme promis, étaient souvent présents et ils tinrent à suivre Henri et Colette à Rivière sur Tarn.

Le week-end se révéla plutôt agréable et les mauvaises ondes semblaient s'être dissipées. Le temps clément avait permis aux hommes de rectifier un dallage que les taupes avaient mis à mal. Les épouses devisaient en remettant de l'ordre dans la maison, ou cuisinant. Chacun, occupé, avait un peu oublié ou faisait mine d'oublier le désarrois des Royers.

Dimanche, à midi, les suprêmes de poulets cuisinés aux cèpes et le vin du Fel firent le reste. Mais alors que Colette servait le café, coup de clochette et surprise : Paul et Adeline Vidalenque se présentèrent sur le perron.

Ils rentraient du Mexique et au sortir de l'aéroport de Toulouse, ils avaient pris connaissance du message de Robert. Aussi, avant de réintégrer Peyre, leur village, proche de Millau, se dépêchèrent-ils de rejoindre le petit groupe avant leur retour à Rodez.

Cette arrivée impromptue combla de bonheur Henri et Colette mais ressuscita une émotion certaine. Ces amis étaient comme les Ducros, avec un grand cœur, une générosité sans pareil et toujours présents au moindre souci.

Alors on remit tout sur la table : résumé des évènements, incompréhension, etc... Paul et Adeline n'en revenaient pas ! Henri, en boucle, expliqua et réexpliqua que jamais il avait eu d'attitude répréhensible. Mieux il raconta comment rarement il aidait à la toilette des enfants, et encore de loin - tout cela corroboré par Colette.

Paul Vidalencque expliquant à l'inverse leur propre liberté : n'hésitant pas une seconde à prendre la douche avec leurs-petits enfants. Sans tabou.

« Allez ! tous à poil ! » se souvenait-il. Et le grand-père, le premier, entrait dans la douche et frictionnait un à un les deux aînés et les deux gamines.

Jamais ses belles filles, fils, gendre ou fille n'avaient exprimé la moindre inquiétude ou reproche. Cela avait toujours étonné leur entourage mais dix ans plus en arrière, il faut croire que le problème ne se posait pas. Il y a toujours eu des pervers, des déséquilibrés, mais aujourd'hui cela est stigmatisé grandement et plus vite, la presse se gorgeant de ces « faits divers », la rumeur se chargeant du reste.

On rebut un café et on se recala dans les fauteuils en rotins du salon. Colette insista pour obtenir des détails sur le voyage mexicain. Le temps passa vite, trop vite alors il fut décidé d'un retour qu'en fin de soirée pour partager, être ensemble, rester soudés.

Malgré le décalage horaire, la fatigue du voyage, Paul insista pour préparer le dîner. Ce maçon à la retraite était toujours surprenant par le nombre de choses auxquelles il s'était intéressé et qu'il maîtrisait. La cuisine en faisait partie, mais le fer forgé aussi, l'aquarelle n'avait peu de secrets pour lui, la danse de salon non plus. Cet homme savait tout faire et sans pédance pouvait captiver un public aux anges.

Il allait donc présider à la préparation de viande d'Angus que Colette avait sortie du congélateur. Paul comme chez lui, en avait extrait aussi quelques feuilles d'estragon. Il fit réduire du vinaigre, clarifier du beurre, retraita les restes de cèpes de midi, les mixa , éplucha des pommes de terre, cisela des oranges... En quelques minutes la cuisine ressembla à un atelier où il sentait bon.

Au menu, il y aurait donc : petite crème de cèpes, pavé d'Angus sauce béarnaise et pommes sautées, chèvreton de Peyre et salade d'orange, le tout réalisé par un cuisinier venant directement du Mexique. La classe !

Bonjour le régime ! Mais qui parle de régime quand on est entre amis !

Aussi, le repas fût-il à la hauteur ! Les épouses devaient rester raisonnables et les hommes eurent le droit de sacrifier en l'honneur de Bacchus et surtout le leur, les deux cols de Saint-Emilion premier cru. Henri semblait avoir pris le dessus.

Ils se quittèrent heureux. Après de longues embrassades, Colette ferma les portes, cliqua la télécommande du portail et la mit dans la boite à lettre du voisin qui se chargerait d'accueillir le paysagiste mardi. Quelle agréable journée !...

... La semaine suivante, ils se retrouvaient tous au Cap. Ils avaient rendez-vous avec Denis, un marin pêcheur, retraité, célibataire Lozérien qui logeait à l'année dans son rafiot, voisin de l'anneau 1014 ou Paul avait le sien.

Denis, sétois un peu bourru mais dont l'accent aurait appris à chanter à des cigales, était devenu peu à peu le concierge, surveillant, s'occupant de la maintenance ou des obligations portuaires pour le bateau de Paul. Naturellement Henri lui avait demandé le même service quand il lui avait déniché il y a deux ans, un Kerlouan de 6 mètres, une occasion intéressante.

A l'initiative d'Henri, avec Paul, ils avaient créé pour eux-mêmes une S.a.r.l. de location. Ils avaient « embarqué » avec eux, Denis qui en était devenu le gérant et la société possédait dans son portefeuille une huitaine de contrats de location de voiliers de six à neuf mètres. Lucratives, ces prestations leur payaient les anneaux et apportaient à Denis un complément appréciable à sa petite retraite.

Il avait ainsi pu rénover son propre bateau devenu ainsi l'image et le bureau de la société. Si Henri et Paul venaient eux-même moins souvent faire de la voile, au moins étaient-ils assurés de la bonne marche et de l'entretien permanent de leurs embarcations.

Ils prirent le large, répartis dans les deux bateaux pour une journée pêche, baignade, bronzette au large de Vias. Ils avaient même pu s'amuser à régater après le casse-croûte grâce au vent qui s'était levé. Ils recommenceraient, heureux de cette belle expérience.

Marion, fébrile, reposa le livre sur la table basse. Elle avait lu à toute vitesse ces trois premiers chapitres il lui fallait maintenant les

« digérer ». Son euphorie du départ avait laissé la place à un questionnement. Elle avait noté les clins d'œil que son grand-père avait insérés dans ces lignes et cela l'avait troublée plus qu'amusée. Des morceaux de souvenirs semblaient s'emboîter avec les situations décrites – *c'est son histoire, notre histoire ?*

9   JULIE DÉCOUVRE

"La coquille bleue"

BAYONNE

De retour à son appartement, Julie avait le cœur triste, Alexandre lui manquait déjà. Il lui avait fait une dernière caresse sur la joue avant de sauter dans son Audi pour Pau où il allait retrouver ses collègues. Ils prendraient l'avion pour Zurich, puis un autocar jusqu'à Constance. Lui, rentrerait vendredi soir.

Elle se sentait seule, abandonnée. Jamais elle n'avait ressenti un tel passage à vide, elle pensait aux vers de Lamartine : « Un seul être vous manque et... »

Elle prenait conscience de sa passion, de son amour pour Alexandre, elle n'en revenait pas. Elle

115

était plus qu'« amoureuse », elle était passée au niveau supérieur. Lui-même, lui avait confié vouloir aller plus loin, s'aimer pour la vie, fonder une famille. Des mots banals qu'elle avait sous-estimés. Là, maintenant, son cœur, son ventre la pressaient d'accepter et de jouir de cet amour. Son départ, son absence la laissaient pour six jours comme orpheline. Passée cette semaine, elle déménagerait ses affaires chez Alex. Elle était sûre d'elle, elle le ferait.

Elle monta mollement les escaliers de son immeuble. Accueillie par Esope qui s'impatientait depuis la veille au soir, elle jeta son sac sur le buffet. Mélancolique, elle s'assit en tailleur sur son canapé et caressa le bijou qui lui enserrait le cou. Elle se rappela alors le premier baiser d'Alexandre, la douceur et la force de son étreinte, leur première nuit. Toute à ses pensées nostalgiques elle aperçut le bouquin qu'il lui avait offert, qu'elle n'avait pas encore ouvert.

La semaine amoureuse qu'elle avait vécue lui avait fait mettre au deuxième plan un tas de choses. La lecture en faisait partie. Elle se releva donc, jugea urgent de nourrir ce chat qui n'arrêtait pas de miauler et de s'entortiller autour de ses jambes et saisit le livre sur le rebord de son vaisselier.

Julie découvrit sur la page de garde une citation :

- « *Ni rire ni pleurer mais comprendre* » Spinoza -

Elle lisait lentement, avait du mal à se concentrer, les images du film venaient s'entremêlaient avec celles que les lignes lui inspiraient. Au contraire du film, tout en flash-back, une chronologie semblait se dessiner.

Les échanges avec son frère sur les souvenirs lui avait fait prendre un certain recul et rester objective. Cependant, « les petits bouchons », cette ligne, lui avait rappelé en effet sa grand-mère.

Elle fit une pause avant d'attaquer le quatrième chapitre. Un verre de coca lui suffit.

....

La Coquille bleue - Just a story - PAGE 126

Le temps passait, le train-train avait repris son cours occultant en partie le malaise qui les tenaillait en permanence. De nombreux week-ends, sans motivation, ils rejoignaient la maison de Rivière. Ils devaient bien superviser les travaux qu'ils avaient commandés, qui à un carreleur pour la terrasse sud, qui au cuisiniste pour l'îlot central à créer près du fourneau Lacanche, qui au jardinier qu'ils avaient délégué devant la surcharge de travail et dont ils ne se sentaient pas le courage d'affronter.

Mais à chacun de ces week-ends, ils revenaient plus abattus : les petits-enfants leurs manquaient, Didier venait rarement avec sa fille partagée, comme on dit, un week-end sur deux avec son ex-femme.

La semaine, Colette convaincue par Virginie, suivait régulièrement des cours de Tai Chi auxquels s'additionnaient les activités qu'elle continuait à honorer, antigym, cours de musique.

Henri, lui, approché par la Chambre de Commerce avait accepté d'aider bénévolement, dans une association de parrainage, de jeunes entrepreneurs en devenir. Trois jours par semaine il rencontrait des anciens chefs d'entreprise comme lui.

Les côtoyer, partager leur nouveau statut de retraité comme certains, ou échanger avec les plus jeunes lui donnait le sentiment d'être toujours dans le coup, même s'il trouvait que tout évoluait un peu vite à son goût. Cela lui faisait un dérivatif à son mal-être devenu chronique. Il y rencontrait souvent Robert Ducros qui ne manquait pas de booster son moral...

....
La Coquille bleue - *Just a story* - PAGE 135

... Didier les avait amenés jusqu'à Toulouse. Le vol charter direct jusqu'à Catanne était à dix sept heures, mais le temps des formalités, enregistrement, bon d'agence, les avaient contraints à se présenter deux heures plus tôt.

Leur fils les avaient quittés et maintenant ils flânaient dans l'espace boutiques de l'aéroport. Cela faisait longtemps qu'ils ne s'étaient pas retrouvés ainsi seuls, dans un endroit étranger. De fait ils se trouvaient un peu bêtas, ne sachant que faire. Mais Henri réalisa alors que les conversations depuis quelques mois ne portaient que sur leur douleur. Cette accusation avait pollué toute leur vie. Il serra la main de Colette.

- On va essayer d'oublier un peu tout ce bazar ! Hein, on va regarder autre chose ? Je t'aime !

Ils s'étreignirent comme deux amoureux au milieu de la galerie free taxe, étonnant les passagers de leurs câlins sans pudeur.

Le Boeing 717 se posa gentiment à vingt heures, heure locale sur la piste de Fontanarossa. Un vol calme et riche d'images insolites au travers des hublots. Les volutes énormes de l'Etna s'échappant dans l'atmosphère les avaient saisis d'admiration, comme la vue à la verticale de la côte nord de la Sicile lorsque l'avion avait décrit un virage.

Le taxi les attendait et il faisait nuit lorsqu'ils rejoignirent l'Hôtel Club Del Mare. Ils ne prirent que quelques minutes pour découvrir le luxe baroque de la réception, le confort de la chambre aux couleurs rose nude, et enfin se rafraîchir.

Le buffet au restaurant les enthousiasma. Des produits italiens et grecs se juxtaposaient en cascade sur des mètres de nappe blanche brodée, une profusion justifiée par le nombre conséquent de convives. Un service aux petits soins, leur permirent de dîner rapidement. La journée avait été assez longue et riche, ils aspiraient à un repos somme toute bien mérité.

Ils furent réveillés par les rais du soleil filtrant dans les volets. Une fois ouverts ils laissèrent Colette et Henri à la contemplation de la mer d'huile s'étendant au pied des falaises qu'ils dominaient - une surprise que leur arrivée tardive avaient occultée. Le moral au beau fixe ils petit-déjeunèrent dans une salle où deux cents personnes au moins y étaient déjà installées. Cependant, le volume imposant de la pièce entourée de colonnes doriques et l'acoustique efficace donnait la sensation d'une certaine intimité. Ils prirent leur temps et apprécièrent la qualité des prestations. La matinée devrait être tranquille, ils ne s'étaient inscrits à aucune visite mais ils se rattraperaient les jours suivants.

Ils profitèrent ainsi de journées agréables, avec un temps superbe, s'accordant quelques visites en vieille ville et excursions jusqu'à Palerme ou autour de l'Etna. Tout les émerveillait.

La dernière après-midi, alors qu'elle traversait la chambre jusqu'à la baie vitrée, Colette fut attirée par un paquet posé à même le sol, devant le valet de pied. Son pouls s'accéléra, pressentant la chose. Elle déballa et vit avec un bonheur non dissimulé le tableau peint à l'acrylique qu'elle avait admiré deux jours plus tôt à Taormina.

Comment Henri avait-il fait, quand ?

Elle resta sans voix et se retournant vers lui, émue, elle le remercia d'un baiser infini. Elle resta blottie un long moment, lui demandant de la serrer très fort. Quand elle ne put plus du tout respirer elle s'échappa de sa contrainte. Elle adorait cela et cela faisait si longtemps qu'elle ne s'était prêtée à ce jeu !

Cette toile représentait l'Etna comme vu d'un ballon, quelques touches de couteau faisaient transparaître Taormina sur le côté droit au bord du tableau. La méditerranée n'était pas bleue mais l'artiste avait réussi à lui rendre sa transparence et son éclat en jouant seulement avec du noir et blanc. Au centre, les passes fines et étroites faites certainement au petit couteau, rendaient fragiles et instables les bords intérieurs du volcan. Mais ce qui la captivait au sens propre, c'était la façon dont le peintre en avait rendu la profondeur. Un brossage effleuré en rose sur le fond sombre, une tête d'épingle rougeoyante, quelques gouttes ici et là sans doute de terre de Sienne et l'ambiance étouffante vous avalaient au centre de ce géant. Ces détails l'avaient subjuguée...

« Tu sais où tu vas l'installer ? demanda Henri.

- Oui dans la salle à manger, près de l'applique...

- Mais... il n'y a pas la place ! ...

- Non, non, non, à l'appartement ... » Colette

resta muette. Elle ne l'installerait pas à l'Aubespie.

- Ah !

- Chéri ! Je dois te confier quelque chose ! Reprit-elle en s'asseyant sur le coin du lit.

Elle prit sa respiration, regrettant par avance ce qu'elle s'apprêtait à dire : « Ecoute, j'ai beaucoup de mal avec notre maison, je m'y trouve pas bien et n'y supporte plus l'absence des petits. Je … Tu crois que c'est normal, de réagir de cette façon ?

- Arrête ! Je suis pareil et c'est exactement ce que je voulais te confier ! Répondit-il rapidement la regardant dans ses yeux humides. Il la rejoignit sur le lit. Et lui essuyant une goutte de tristesse au coin son œil,

- Mais oui, c'est normal. Je dirais même, légitime ! C'est insupportable et je t'avoue, je partage le même malaise, j'ai même envisagé de vendre. Cela fait presque un an que nous y passons les week-ends - souvent seuls - à nettoyer, entretenir et nous ne profitons pas même de nos amis, en fait on ne profite de rien. La maison est vide, sans vie.

Silencieux quelques secondes, il revoyait Colette battre le rappel, la petite boite en feuillard d'aluminium à la main, prête à distribuer des pâtes de fruits, des oursons de guimauve ou des petits sablés à des petits bouchons impatients. Le souvenir lui tortillait les entrailles, il exprima un long soupire que remarqua Colette. Elle lui serra les mains et déposa un baiser sur sa joue rosie.

- Ecoute, prenons un peu de temps pour réfléchir. »

- Oui ! Allez, on verra…

Julie caressa son chat, délaissant quelques secondes l'ouvrage de Peter Hayerson. Elle restait étonnée des ces dernières phrases, retrouvant ainsi
une petite boîte en alu qui lui était restée comme
un symbole dans ses souvenirs de gosse. Elle revit
un instant sa grand-mère mais ne comprenait pas !
Drôle de coincidence : l'auteur avait utilisé cette
image qui au final lui appartenait. Elle poursuivit
sa lecture.

La Coquille bleue - *Just a story* - PAGE 140

**... Didier récupéra ses parents dans la soirée à
Blagnac, heureux de les voir détendus malgré un
voyage longuet qui les avait fait passer par Rome,
une escale due à l'annulation de leur vol direct. Il
avait pris deux jours sur ses RTT, il resterait avec
eux jusqu'au lundi après-midi.**

**Arrivés chez eux, ils dînèrent sur le pouce.
Henri et Colette furent prodigues des détails du
séjour. Ils confièrent leur projet de se séparer de
l'Aubespie. Didier n'en fut guère étonné et ne s'en
offusqua aucunement. Néanmoins le discours lui
avait paru bien désabusé.**

**Le lendemain vers neuf heures, tout le monde
était debout. Colette finit de vider les valises et
obtint que les hommes lui posent l'acrylique de
l'Etna comme elle l'avait imaginé. A midi, Colette trouva drôle de se remettre à la cuisine après
ces huit jours de pause, mais le râble de laper-
eau aux échalotes confites, prouva qu'elle avait
retrouvé rapidement sa maîtrise. Ils se régalèrent**

et le repas fut un agréable moment. On reparla de la vente éventuelle de la maison secondaire et Didier ne se priva pas de raconter comment il gérait sa propre situation de divorcé, plutôt positivement.

Il les quitta avec regret, leur promettant une visite avec sa fille sans tarder. La vie reprenait son cours...

Le portable avait vibré depuis quelques minutes, mais Julie, pendue aux lignes du livre, n'avait pas répondu. A la fin du quatrième chapitre, elle se fit violence, elle stoppa la lecture et regarda son téléphone. Nicolas - c'était lui - avait laissé un SMS.

- «Je t'embrasse, petite sœur ! Rappelle-moi. Stp !»

Elle allait composer le numéro, puis se ravisa.

Elle avait lu à toute vitesse mais s'était perdue souvent dans ses pensées, des souvenirs. Cette lecture automatique lui avait laissé des blancs. Elle se leva prendre son bloc de post-it et un stylo, reprit le livre au début. Sautant quelques pages ou revenant sur un paragraphe, elle laissait de temps à autre une marque. Elle revisita ainsi les premiers chapitres de « La Coquille Bleue ».

Elle appela enfin son frère.

- Bonjour Nicolas, y a un truc urgent ?

- Oui ! Non ! Mais les jumelles débarquent ce week-end à Bazas, tu nous rejoins ?

- Oui, oui ! Bien sûr. Bon, tu prépares la maison,

je n'y serai seulement samedi en matinée.

- D'acc !

- Et tu viens avec Sylvie, Hein ?

- Sûrement, elle se sera contente de découvrir le reste de la famille de dingue.

- C'est super, je t'embrasse. Puis, j'ai commencé le bouquin, tu sais, celui du film ! Je te raconterai. A samedi !

10   DISCRÉTION

MARION - RODEZ

E lle venait de faire quelques courses ce jeudi matin et s'agaçait à les faire rentrer dans un placard trop petit. Son logement était confortable, mais la cuisine manquait d'espace.

Elle avait travaillé de nuit pour remplacer une collègue, plus les courses, Marion n'était pas d'humeur à supporter que ce paquet de pâtes résistât à l'effort de rangement.

Hésitante, entre un peu de repos ou lire, elle choisit le lit dans l'immédiat.

Vers treize heures, elle se réveilla en sursaut avec une seule idée en tête : reprendre la lecture de l'opus de Papi Tze.

La Coquille bleue - Just a story - PAGE 148

Trois semaines plus tard.

Colette et Henri avaient fait le point : beaucoup de leurs projets s'étaient évanouis embarqués dans l'incompréhension des évènements.

Des voyages, des invitations, des achats, des plaisirs simples avaient passés dans la trappe de leur accablement. L'entretient de cette maison était devenue une corvée, aussi ne se firent-ils pas prier lorsque qu'il fallut signer la promesse de vente de l'Aubespie. Paul leur avait trouvé en peu de temps l'acquéreur, un industriel de Meymac et tout avait été très vite.

Colette et Henri sortaient de leur maison lorsqu'ils aperçurent leur voisins.

- Ça y est ! Nous allons vous quitter, nous venons de vendre la propriété. Nous allons vous regretter.

Interloqués, ces derniers, reçurent cette nouvelle comme un coup de massue, ils s'étaient si bien accommodés de leur voisinage.

Henri fut avare d'explications, ils restèrent des plus discrets. Il leur proposa néanmoins d'accepter un certain nombre d'outils qu'il leur savait utiles et dont il ne ferait plus rien. De son côté Colette leur pria de choisir du linge de table et divers bibelots quelle préférerait chez eux. Émus, ils acceptèrent et apprirent que la maison avait été vendue avec la plupart des meubles...

....
La Coquille bleue - Just a story - PAGE 153

C'était leur dernier aller-retour. Empreints de tristesse mais persuadés enfin de tourner une page douloureuse, à dix heures du matin, ils passèrent une dernière fois le seuil de leur propriété.

Les voisins étaient absents et en attendant les copains, Colette étiquetait des cartons. Henri de son côté triait les derniers lots à balancer directement à la déchetterie. Il récupéra ainsi des peluches, des jouets, des vêtements. Un tri concerté et validé par Colette. Même le petit ours brun qu'affectionnait leur petite fille et auquel il avait remplacé l'œil manquant par un gros bouton de culotte subirait le même sort.

Ils voulaient tirer un trait !

Plus d'une année qu'ils n'avaient embrassé leurs petits, qu'ils se demandaient bien ce qu'ils « devenaient ».

Plus d'une année qu'ils se levaient chaque matin avec mélancolie... et cet avocat qui ne donnait pas signe de vie !

Alors ils avaient décidé de ne pas garder ces objets comme pour conjurer un mauvais sort. Cherchant un carton pour transporter tout cela, Henri se rappela la double coque bleue fendue qui traînait dans le coin de la terrasse.

Ils l'avaient achetée lors des premières vacances partagées à l'Aubespie avec ses petits enfants. En plastique, elle se composait de deux valves et était suffisamment grande pour recevoir l'une du sable avec lequel deux bambins pouvaient s'amuser avec leurs seaux et l'autre remplie d'eau servant de mini piscine. Le souvenir de ces après-midi avec les petits enfants ressurgit avec douleur.

Il ne garderait pas cet objet comme tant d'autres et lui en trouva naturellement l'usage aujourd'hui à contre-cœur il servirait de poubelle...

Henri en chargea ainsi son break Volvo, rajoutant des sacs de cochonneries, de vieilles planches, des restes de briques ou de tuiles, etc... et une heure plus tard se trouva à la déchetterie.

Il attendit son tour et déchargea les gravats, le bois. Il dût patienter, la benne disponible pour le tout-venant allait être retirée, remplacée par une vide. Prise à bras le corps, cette coquille bleue lui sembla peser une tonne, il fit un dernier effort pour l'extraire du coffre, deux pas plus loin, il la balança par dessus le parapet béton qui dominait la benne.

Il mit dans son geste toute la colère qu'il avait concentrée dans son corps et en même temps toute la peine qui depuis plus d'une année lui brûlait le cœur. La coquille atterrissant dans le fond tôlé, se brisa, éclata littéralement, laissant échapper tout son contenu. Des restes de maxi-Lego, de jouets en bois ou de pièces de puzzle dépareillées s'échappèrent de la coquille, jusqu'à cet ours brun dont l'œil rafistolé d'un bouton de culotte lui jeta comme un dernier regard de pitié.

Saisi par cette image, Henri se sentit lui-même déchiré, le cœur lacéré, les tripes arrachées. Mêlé à des spasmes, un hoquet soudain, violent, l'immobilisa et des larmes grises inondèrent ses joues pendant de longues secondes. Le préposé de la déchetterie s'approcha :

- Quelque chose ne va pas, Monsieur ?

Sans réponse il sut faire part de discrétion, ému lui-même par cet homme dévasté.

- Venez boire quelque chose au bureau, allez venez !

Henri se calma et répondit gentiment à l'invitation. L'instant d'après il se trouvait dans le cabanon qui servait de bureau à l'ameublement de « récup » plutôt spartiate. Il lui proposa bière, coca, jus de fruit, même un thé. Henri accepta un peu de coca, le remercia vivement et ajouta à demi-mots :

- Je viens de tourner une page, mais... difficile...

- Vous ne l'avez pas tournée, vous l'avez déchirée plutôt. Non ? Vous savez ici, on se sépare d'objets que l'on veut voir disparaître, en tous cas on l'espère. Mais parfois des objets retrouvent une deuxième vie au gré d'un récupérateur opportuniste. Et quand bien même vos abandons finiraient à l'incinérateur, vous savez, comme les feuillets que vous arrachez d'un carnet, il vous en reste toujours un petit morceau coincé dans la reliure. On ne tire jamais vraiment un trait sur le passé.

Henri acquiesça, étonné de rencontrer dans cette déchetterie un extraterrestre philosophe. Ils échangeaient encore quelques mots quand le klaxon, l'avertisseur du téléphone hurla.

Marion déglutit. Elle sentit ses tempes vibrer en reconnaissant la coquille bleue, en se rappelant les jeux avec son frère, émue par les dernières phrases.

Il quitta le cabanon, reconnaissant de l'humanité de son hôte, il avait ravalé son émotion. A midi, discret sur cet épisode, il déjeunait d'un sandwich avec Colette et restèrent après un café un peu trop clair sur la terrasse en attendant les copains...

Comme prévu, Paul arriva vers quatorze heures au volant d'un Mercedes de quinze mètres cubes avec pour copilote Robert, tous les deux déguisés en déménageurs bretons. Leurs femmes suivaient juste derrière en décapotable.

Après un café, toujours trop clair, de bienvenue - la cafetière bien rangée au fond d'un des cartons, ils avaient dû inventer un approximatif café à la turque - Henri donna les consignes pour charger les meubles qu'ils avaient décidé de conserver ou céder aux amis.

Il avait réservé à Paul une crédence de sacristie aux sculptures flamboyantes chinée il y a long-temps. Un don que Paul avait d'autant apprécié qu'il avait toujours souhaité lui la racheter. Sa femme repartirait avec de la vaisselle de Gien décors rose Aubépine. Adeline avait sauté de joie et embrassé comme une folle ses donateurs.

Les Ducros, eux aussi de la partie, seraient « récompensés » au retour à Rodez avec deux meubles en noyer qui avaient déjà leurs places , et sûrement un gueuleton en sus à « La table des Fédérés ».

Les portes du Sprinter était ouverte et ils dé-posaient des couvertures de protection quand Paul avec l'air des plus sérieux leur dit :

- On aura du renfort, y aura pas de malaise ici, les cinq gars pour le chargement arrivent à pied par la Chine !

Interrogatif une seconde, puis dans un éclat de rire Robert lâcha :

- T'es con !

Henri resta imperturbable le temps de chercher l'astuce. Puis Robert le réveilla, étonné de son manque de réaction.

- Henri, enfin ! Malaisie, Singapour, je passe sur la contrepèterie de potache qui suivait ! T'as pigé ?

- Ah ! … Oui pardon ! Ah oui, t'es con ! J'ai du re-tard à l'allumage ! Répond-il en riant à son tour.

C'est vrai qu'il n'avait pas la tête à la franche rigolade mais un bon mot ou plaisanterie de Paul, c'était toujours bon à prendre.

Ils remplirent peu à peu le camion, bloquèrent tout le « bazar » en ayant soin de positionner le meuble qu'il laisserait chez Paul tout à l'heure, à Peyre, où devaient les rejoindre leurs femmes.

Henri avait le cœur à l'envers et, coincé entre ses deux amis à l'avant du camion, donnait le change pour cacher sa peine en essayant de plaisanter. Puis ils laissèrent ainsi meuble et vaisselle chez Paul.

Ils croisèrent à grand coup de klaxon les femmes qui après avoir déposé Adeline, rentreraient à Rodez comme elle le désireraient.

Henri et Colette ramèneraient le camion le lendemain et iraient au rendez-vous de Maître Assola pour passer la vente...

....
La Coquille bleue - Just a story - PAGE 201

Passée « l'épreuve » chez Maître Assola, ils retrouvèrent Paul et Adeline au bout de la rue de Lacapelle. Il avait réservé une table chez Lucien et cela promettait un bon moment. Régalés par des farçous et l'aligot qu'un apprenti avait tourné pendant tout le service, suivi d'un Roquefort des Combes, ils avaient lâché prise aux œufs à la neige. Henri voulut se fâcher pour régler l'addition, mais Adeline avait fait le nécessaire et souriait doucement. Ils se quittèrent après un « vrai » café, se promettant une prochaine visite...

....

... Deux mois passèrent. De la terrasse de leur appartement ruthénois traversant ils pouvaient apercevoir le clocher de la cathédrale, de l'autre il embrassaient l'horizon. Ils appréciaient ce havre de paix qu'ils avaient façonné. En plein centre ville, ils disposaient d'un garage sous l'immeuble et leur quartier toujours actif restait néanmoins accessible sans être vraiment bruyant. Ils se promenaient souvent à pied dans le dédale des vieilles rues et connaissaient chaque commerçant.

La vie y était douce et il en oublieraient presque que Guillaume et Pauline grandissaient à quelques dizaines de kilomètres... sans eux. Pas un jour, sans qu'ils n'évoquent cette absence, le partage de moments de bonheur dont ils étaient privé.

Parfois, sans rien dire, Colette allait dans la chambre ouvrir une petite boîte en carton, une sorte de coffret revêtu de papier rose collé. C'était un des derniers cadeaux de Pauline et elle y tenait. Elle lui avait dit : Mamie, tu ne vois rien dedans, mais en fait, je l'ai rempli de baisers. Elle en avait été touchée et ce souvenir continuait à l'émouvoir.

Ils avaient appris par Didier que leur frère Sébastien et sa famille avait déménagé, mais il ignorait le lieu et pensaient-ils, n'avait pas cherché réellement à le savoir. Ils le comprenaient bien et l'avocat n'en sachant pas plus, ils n'oseraient pas pour le moment se rapprocher.

Les amis appelaient souvent et Henri continuait de voir à la Chambre de Commerce Robert de façon régulière. La discrétion autour de l'accusation dont il avait été l'objet lui apportait un peu de sérénité. Peu de personnes de leur cercle d'amis était au courant mais Henri redoutait en permanence qu'une rumeur ou l'info même circulent.

C'était toujours l'incompréhension, le questionnement. Mais pourquoi l'accuser de tels gestes, lui qui avait été toujours « normal » ou « irréprochable » ? *Quel mot utiliser ? ...*

Puis un matin, le 4 mars précisément, à huit heures, la sonnerie du visiophone interrompit le petit-déjeuner. Surpris, Henri s'en approcha. A l'écran apparaissait l'adjudant Marchali qu'il connaissait bien. Celui-ci lui fit comprendre qu'il voulait le voir. Henri déclencha la gâche électrique, prévint Colette et attendit l'adjudant à la porte.

– Bonjour mon adjudant ! lui dit-il s'apercevant alors qu'il n'était pas seul.

– Bonjour Monsieur Berthaud, voici le Maréchal des logis Reymond.

- Bonjour !

- Monsieur Berthaud... hésita-t-il, vous avez été l'objet d'une plainte de Lisa et Sébastien Berthaud pour gestes à caractère sexuel sur votre petite-fille. Vous êtes en garde à vue à partir de cet instant et votre femme... témoin... désolé... Monsieur Berth...

Henri n'avait pas tout compris, un bourdonnement l'avait saisi et il dut s'asseoir - dix secondes qu'il crût durer une heure - l'impression désagréable du sol qui se dérobe. Colette lui passa un gant de toilette humide sur le visage. Il sortit enfin de sa torpeur, regarda sa femme avec le regard de celui qui hurle au secours.

– Monsieur Berthaud, je suis vraiment désolé... je vous laisse un peu de temps pour vous préparer, mais vous allez devoir nous suivre... votre épouse aussi... je suis...

– J'ai compris, je vous remercie. Répondit Henri doucement, mollement. Il partit rejoindre Colette à la salle de bain, l'angoisse au ventre.

L'adjudant semblait aussi perturbé que le couple, il les connaissait bien et depuis longtemps. Lui aussi avait démarré sa carrière au Rozier alors jeune militaire, puis avait été muté à Aiguessac et maintenant Rodez. Il était même client de Proxiloca.

Il demanda à jeter un œil dans les pièces de l'appartement et emporter l'ordinateur du couple. Puis il fit comprendre à son collègue qu'ils sortiraient discrètement de l'immeuble, on ne parle même pas des bracelets. Les Berthauds les rejoindraient au poste, tant pis pour la procédure !

Henri et Colette sans un mot, sans animosité,

comme deux zombies finirent de se préparer - *ils se rendraient compte et apprécieraient quelques jours après la bienveillance des militaires.*

Un quart d'heure plus tard ils franchissaient le seuil de la gendarmerie. Attendus, ils suivirent un planton, puis chacun fut pris en charge par un officier dans des pièces différentes

Les trois heures de garde à vue défilèrent avant qu'ils réalisent vraiment ce qu'ils venaient de vivre. « Libéré » Henri retrouva Colette dans le hall, ils se dirigèrent vers la Grande Brasserie sur la Place d'Armes. Il avala l'expresso d'un coup, au risque de se brûler sans doute pour que cette douleur physique efface celle qui depuis ce matin-là s'amplifiait dans son cœur, dans sa tête. Colette le caressa de la main, les yeux larmoyants et interrogatifs.

- Je t'aime, je t'aime... lui dit-elle doucement.

Il lui rendit son « je t'aime » avec un fort et long baiser le long de son bras

- Allez viens, on rentre ! en laissant la monnaie sur la table.

Serrés l'un contre l'autre, du même pas, muets, ils longèrent la place et rentrèrent chez eux.

Colette prit la première la parole.

- Tu sais qu'ils m'ont posé des questions indiscrètes, sur nous, sur toi... J'ai été mal à l'aise, vraiment mal à l'aise ! J'ai essayé d'assurer au mieux. Mais, écoute, je suis certain que l'officier qui m'a interrogé n'est pas du tout convaincu du bien fondé de la plainte...

- J'ai eu le même sentiment mais n'empêche, je ne supporte pas cette calomnie. Tu te rends compte que… ils m'ont pris en photos comme l'on fait avec les voyous, de face, des deux profils, avec le petit panneau devant… et les empreintes, et l'interrogatoire…

Tu te rends compte… si un acte malveillant, un truc de pédophilie arrive à cent kilomètres à la ronde, je serais immédiatement suspecté. Je suis un délinquant sexuel, ni plus ni moins !

Mais enfin, qu'est-ce qui s'est passé dans la tête de Lisa et comment Sébastien a pu…

une plainte pareille… comment peut-il se comporter ainsi ? Mais qu'est ce qu'on…, qu'est ce que je leur ai fait… ? Et si cela vient à se savoir… ?

Henri se tut un long moment, puis :

- Il faudra vivre avec. Je suis désolé ma chérie, désolé… les mots l'étranglèrent.

- Henri, je suis là ! Les amis aussi ! On va résister !

Colette prit le téléphone et mis au courant les Ducros. Ils viendraient en début d'après-midi.

Robert Ducros n'en revenait pas et avec Virginie se revoyaient vivre les évènements de l'an passé. Mais là, tout était passé à la vitesse supérieure dans la gravité, dans les conséquences. Une longue discussion avait suivi et tous deux restaient démunis devant cette situation.

Après le déjeuner, qui sans goût, qui sans entrain, Henri dût retourner à la gendarmerie récupérer son ordinateur. Il signa le bordereau de remise et en partant, alors qu'il longeait la cloison vitrée du hall, là, à cet instant il les aperçut.

Il se figea littéralement, incapable de bouger, il sourit à Pauline qui l'avait vu à son tour. Elle avait grandi, les cheveux blonds, bouclés et son minois craquant en avait fait une gamine magnifique. Il lui fit un salut de la main qu'il posa sur la vitre.

Tirée par sa mère, elle continuait à le fixer, il devinait des « Papi ! » au bout de ses lèvres. Au devant d'eux, Sébastien : impassible malgré les appels de sa fille. Lui, serrait la main de son fils qui essaya en vain de se tourner en arrière. Fugitif, ce flash au travers du carreau le partagea entre l'envie et la peur de sauter à la gorge de sa belle-fille ou de son fils.

La douleur, la peine, le rendaient encore immobile quand l'adjudant Marchali le prit par le bras.

- Monsieur Berthaud, sortons un instant ! L'accompagnant jusqu'au parking, le prenant à part :

- Je sais que vous vivez une épreuve douloureuse, j'en suis vraiment désolé. Je sais que vos petits-enfants voudraient vous voir et que nous sommes dans la calomnie. C'est quand même mystérieux. Ecoutez, dans quelque temps vous pourrez porter plainte pour accusation infondée, mais il vous faut attendre la décision du procureur. Je doute fort qu'il vous mette en examen, mais vous savez, sur ce sujet... les procureurs... cela dépend de leur envie médiatique plus ou moins prononcée. Rester à l'écart et de la patience vous permettront de préparer votre contre-attaque. Courage ! Monsieur Berthaud.

- Merci mon adjudant, merci de votre bienveillance.

Henri le quitta, le moral un peu à la hausse, rasséréné par les mots du gendarme. Heureux d'avoir vu sa petite-fille, ayant seulement aperçu Guillaume, malheureux de ne pas avoir pu les approcher.

Colette avait proposé un café à ses amis, lesquels comme d'habitude avaient ramené chocolats et petits fours. Installés confortablement dans les canapés cuir, ils n'en étaient pas moins mal à l'aise en évoquant la matinée. Robert était en boucle dans son incompréhension, Virginie donnait à nouveau du « c'est pas possible ! ».

Colette leur confia que jamais une seule seconde elle avait douté de son mari. Elle avoua qu'Henri semblait avoir pris dix ans d'un coup, restant des heures inactif, terminant une fois sur deux son repas. Lui qui, on le connaît, était toujours dans l'empathie, à l'affût d'un bon mot, au courant des dernières nouvelles, le voilà qu'il était devenu plutôt taciturne, n'ouvrant même pas le journal ou ne voulant à peine sortir de l'appartement.

- Je ne pense pas à une dépression, mais plutôt un anéantissement, tout cela l'a cassé, l'a fracassé. Tu l'as pourtant connu battant, opiniâtre, à jamais lâché le morceau, eh bien, c'est plus lui, il est en miettes. Même avec Charlotte, il se conduit différemment, moins aimant, moins attentif. Elle-même m'a dit l'autre jour à Cahors : « Il est fatigué, Papi ? ». Sur le coup, je n'ai pas su répondre. Je ne sais même plus comment je m'en suis sortie.

Robert enchaîna,

- Je me souviens pour la chandeleur chez les Vidalenques, lorsque Didier à ouvert la porte de l'auto, laissant filer sa fille toute contente. Charlotte a couru directement vers Henri, il a hésité à la soulever pour l'embrasser et encore elle a insisté, on aurait cru qu'il saisissait une tasse à café bouillante, il paraissait timoré. J'ai le sentiment qu'il avait fait un réel effort. Ça, c'est pas lui !

Virginie allait ajouter autre chose quand ils entendirent la porte d'entrée se refermer. Henri les avaient-ils entendus ? Peu importait finalement.

Ils se levèrent pour l'accueillir avec de chaudes embrassades émues. Les remerciant, et reprenant son souffle, il leur raconta ses dernières minutes à la gendarmerie. Ce fut un calvaire de l'écouter, à chaque phrase sa voix disparaissait sous des trémolos qu'il s'efforçait de calmer avec force respiration. Puis il s'assit, prit trois chocolats d'affilée dans la boîte en rubans d'aluminium tressés et leva son verre où Colette avait versé du Schrubb.

- Allez ! A nos emmerdes !

Ils restèrent cois. Ça ! C'était Henri ! Mais un Henri qui donnait le change ! Qui faisait semblant !

Finalement, on changea de sujet. Et on reparla du projet de week-end de Pâques dans quelques jours au Cap avec Paul et Adeline. Colette n'était pas très chaude pour cette expédition sur le bateau des Vidalencque, trois jours à être ballottée, mais pour faire plaisir à Henri...

Marion avait lu à toute vitesse et les larmes lui rendirent la lecture impossible. Elle reprit une respiration avant de se moucher. Elle réalisait. Son grand-père avait donc vécu l'enfer et mamie Line aussi ! C'est pas possible ! Se disait-elle en boucle, elle aussi.

La Coquille bleue - Just a story - PAGE 231

... Une semaine en Savoie avait suivi de près la mini croisière en voilier. Puis le temps de souffler, Henri et Colette repartirent en Crète une huitaine de jours en voyage organisé où ils retrouvèrent d'anciens clients. Un séjour dépaysant avec le fameux régime crétois revu et corrigé par le voyagiste : tapas à la grecque, Ouzo, escargots, vin de La Canée, gratin de légumes, vin de Pana, moussaka, tarte au lait, metaxa, etc., etc... un régime de fou pendant lequel tous avaient pris sûrement des kilos malgré les randonnées du programme. Mais de bons moments passés à plaisanter, rire,

se détendre. Colette avait retrouvé son Henri ou presque.

Marion ne lâcha son livre qu'après le sixième chapitre, elle devait rendre visite à son grand-père. Les lignes de Peter Hayerson l'avaient abasourdie, étonnée de la calomnie qui ruinait ce Robert Berthaud.

Papi Tze l'attendait, en forme à priori, assis sur le lit, un oreiller dans le dos pour le soutenir.

- Bonjour, ma puce ! Tu as bien les traits tirés. Tu as fait la fête ?

- Non Papi, j'ai travaillé de nuit et suis toujours pas bien réveillée.

- Le toubib vient de sortir d'ici. Tout est normal, demain une dernière analyse et j'aurai probablement mon bon de sortie en fin de semaine. Tu seras de corvée pour me déménager puisque ton père est aux antipodes. Tu as des nouvelles ?

- Il devrait m'appeler, mais tu sais, avec le décalage horaire... On verra ! Ah ! Au fait, tu as été voir l'accueil pour ta sortie, tu as tout ce qu'il te faut ?... Mais c'est que samedi !

- Oui oui, elles sont du tonnerre, je n'aurai qu'à signer un document au départ. Ça va être vite là, mais... tu passes demain ?

Marion acquiesça et partagea avec son grand-père l'emploi du temps de forcené qu'elle avait depuis deux jours et des nouvelles de son frère dans le sud-ouest.

- Sais-tu qu'il avait prolongé son contrat au Pays Basque ? Il leur manquait du personnel et son employeur de Bordeaux avait bien voulu retarder son embauche pour arranger son collègue. C'est plutôt cool ! On le verra sans doute lors de son changement de maison.

Elle resta discrète sur sa lecture, elle n'était pas sensée avoir découvert son ouvrage. Les aides soignantes apportèrent la collation, lui proposèrent gentiment un thé qu'elle accepta. Julie prolongea ainsi sa visite à la plus grande joie de Papi Tze.

Elle le quitta un peu après cinq heures, satisfaite de le voir requinqué.

11   JUSQU'AU MOT "FIN"

MARION

Sitôt rentrée chez elle, cocoonée dans son fauteuil, les jambes repliées, elle reprit sa lecture.

La Coquille bleue - Just a story - PAGE 243

Si Henri donnait l'impression d'en avoir pris son parti, il était toujours sur une certaine réserve. Cependant maussade très souvent, il se laissait faire ou en tout cas faisait l'effort de participer aux sorties, aux promenades. Heureux de retrouver les amis, il aimait à nouveau faire durer la soirée.

Il n'avait pas abandonné son association

d'aide aux jeunes entrepreneurs, mais comme confié à la présidente, dès qu'il y aurait le moindre soupçon le concernant, il démissionnerait immédiatement.

Didier venait de temps en temps et la joie de retrouver Charlotte donnait du bonheur à ces grands parents. La présence de ce fils soulignait bien sûr l'absence de son frère et de sa petite famille, « ils en avaient fait leur deuil », drôle d'expression pour cette situation, mais ce sentiment envahissait Henri et Colette lorsque les enfants repartaient. Ils en avaient pris leur parti : mais...

Ils rejoignaient de temps en temps les Vidalencques à Cap d'Agde pour faire du bateau. Colette s'y était faite peu à peu et Henri avait passé le permis plaisance. Il n'avait pas ré-envisagé de résidence secondaire, mais il était tenté par l'achat d'une petit voilier. Ce qu'il fit au courant ce printemps-là.

Cet achat personnel avait dynamisé Henri, Colette s'en réjouissait. Des projets revenaient à nouveau sur le tapis. Ils avaient décidé qu'au prochain pont de l'Ascension, ils emmèneraient Charlotte et son père en promenade à quelques milles de la côte espagnole. Ils avaient sauté de joie. Colette heureuse aussi, cachait néanmoins cette mauvaise toux qui l'avait prise deux semaines plus tôt - elle souhaitait ne pas les contrarier.

Elle se décida tout de même à aller voir le médecin, Henri avait dû insister. Puis tout alla très vite.

Par acquit de conscience, le docteur lui fit passer une radio. Le radiologue catastrophé contacta aussitôt L'I.C.M. de Montpellier. Biopsie, scanner, visites chez le cancérologue, tout s'était enchaîné sans pouvoir reprendre son souffle.

Henri eut l'impression qu'un mur s'était effondré sur lui, un de plus. Il avait réagit positivement : on allait le soigner ce « put... » de cancer. L'oncologue avait demandé à Colette si un événement avait contrarié sa vie ces derniers mois, elle avait répondu vaguement par une négative.

Colette se savait épaulée, elle se bagarrerait, mais pour le moment, elle devait donner l'impression qu'elle assumait et tenir le coup jusqu'à l'opération.

En réalité elle confiait à Virginie ou à Adeline son angoisse devant la maladie, sa trouille réelle mais même elle, la battante, était à terre. Les filles durent plus d'une fois lui remettre le moral sur les bons rails. Leur présence lui faisait du bien, soit... mais elle avait vu tant de cas à la fin inéluctable. Elle se réfugiait autant qu'elle pouvait dans les bras d'Henri qui la dorlotait... *les spécialistes étaient optimistes...*

....

La Coquille bleue - Just a story - PAGE 252

L'opération fut programmée rapidement, et se déroula comme l'espéraient les médecins. Quinze jours de repos, rééducation et retour cocoon attendu à leur « sweet home » du troisième étage.

Henri aux petits soins se chargeait de l'intendance et son amour indéfectible aurait tôt fait de remettre sur pied une Colette à peine amaigrie. Puis il y eut les séances de radiothérapie, une contrainte journalière par période de quatre jours.

Elle avait bien réagit à cette obligation et dans le « viseur » elle n'avait que la prochaine radio ou scanner le mois prochain. Les marqueurs au vert, le scanner optimiste, Colette était tirée d'affaire et devrait accepter un suivi sur les prochaines années... les spécialistes étaient optimistes.

Ils firent finalement cette sortie avec Didier et sa fille. Sur trois jours d'un port à l'autre pour ne pas fatiguer Colette, Ils couchaient à l'hôtel laissant leurs jeunes « camper » dans le bateau. Quand ils se quittèrent, Charlotte enthousiaste fit promettre à ses grands-parents une autre sortie. Le sourire qui avait accompagné ces mots les combla, alors, bien sûr, Henri et Colette aux anges, acceptèrent...

....
La Coquille bleue - Just a story - PAGE 258

... Ils firent un voyage encore en Autriche avec les Ducros et les Vidalenques. Henri céda la plupart de ses parts Proxyloca à son successeur, mettant définitivement fin à sa carrière professionnelle. Il en avait réservé quelques unes pour Didier en sentimental qu'il était et n'avait pas oublié son ancienne secrétaire perpétuelle, comme il disait, lui en cédant un nombre significatif par reconnaissance et véritable amitié.

....

La Coquille bleue - Just a story - PAGE 278

Plus tard dans le mois de septembre, Colette s'était mis en tête de revoir la déco de la petite chambre. Elle demanda à Malika, sa femme de ménage un coup de main. Et c'est en attrapant la tringle à rideau qu'elle sentit une douleur sur le côté. Elle prit cela pour un faux mouvement et ne s'en soucia guère tout le matin. A midi, elle confia à Henri sa douleur. Pas de bleu, mais cela irradiait le côté de la ceinture abdominale et la douleur l'immobilisait maintenant. Ils jugèrent plus prudent de se rendre aux urgences.

L'attente ne fut pas longue mais leur sembla une éternité. Elle dut passer une radio, puis une échographie. Enfin, on pria Henri de rejoindre le médecin dans la chambre allouée à Colette, ils allaient la garder en observation. Devant la porte, il retrouva le médecin qui le pria de le suivre à son bureau. Ce dernier voulu connaître les antécédents, maladie, accidents etc... de son épouse. Henri raconta la dernière intervention à l'I.C.M. de Montpellier et ses suites. En réalité, les examens mettaient en évidence des zones d'ombre qui inquiétaient le radiologue. Le médecin lui réclama les pièces qu'il avait en sa possession : radios, compte-rendus, etc.

- Une récidive, docteur ?

- Trop tôt pour le dire, une biopsie sera nécessaire, mais je ne suis pas optimiste. Je m'occupe de l'annoncer à votre femme, pas d'inquiétude, j'y mettrai les formes.

Henri, blanc comme un linge le laissa et s'empressa de retourner chez lui. Ça recommençait... Etourdi, il fit l'aller-retour, donna les documents à la secrétaire du radiologue et retrouva Colette recroquevillée sur son lit d'examen. Elle avait pleuré et il n'avait pas été présent. Il s'en voulait, il l'étreignit, l'embrassa, les yeux humides.

- C'est peut-être rien, il faut attendre les analyses. Chérie, je suis là. Deux mots qui lui coûtèrent en sang-froid, il avait tellement envie de pleurer avec elle....

Henri rentra chez lui, seul. C'était la seconde fois qu'il laissait sa femme aux mains des médecins et au destin. Inquiet, doublement inquiet, il eût beaucoup de peine à trouver le sommeil...

....

La Coquille bleue - Just a story - PAGE 302

... Deux jours de suite il passa l'après-midi et la soirée auprès de Colette, attendant fiévreusement les résultats. Le jeudi matin il avait rendez-vous avec le professeur Morreau.

- Monsieur Berthaud, voici les résultats de votre épouse : ils ne sont pas bons du tout mais nous allons traiter rapidement.

Il l'écouta, assommé...

Un adénocarcinome avait envahi le pancréas

sur son bord gauche, de taille sérieuse. Colette devrait certainement supporter à la fois une radiothérapie et une chimio, peut-être une ablation, mais le professeur devait retrouver ses assistants, il lui en dirait un peu plus le lendemain.

Retrouvant sa femme, Henri avait été peu loquace mais Colette sentait bien qu'il cachait son inquiétude derrière une imminente visite du professeur Morreau qui lui expliquerait mieux que lui.

Le programme des jours à venir s'était ainsi mis en place. Opération dans trois jours, radiothérapie et chimio sur une période de quatre mois pour commencer. Le fait que ce soit opérable l'avait boostée mais elle redoutait la chimiothérapie et ses effets secondaires. Colette l'avait bien pris ou en tout cas le paraissait et c'était elle qui remontait le moral de ses visiteurs. Henri, lui, transparent, ne disait rien, pour se protéger mais en réalité ne le supportait pas du tout.

La calomnie de ses enfants le tenait toujours sur le qui-vive et s'additionnait à l'insupportable idée de la maladie de Colette. Il répondait à peine un coup sur deux aux appels téléphoniques. Il évitait même de flâner dans sa rue où près du marché : il connaissait beaucoup de monde, qui voulait des nouvelles, qui d'y aller de sa compassion, ou qui de lui souhaiter un grand courage...

Il n'en pouvait plus.

Ses deux grands amis avaient été eux-même éconduits au décrochage du téléphone, il n'avait pas vraiment réalisé que ce pouvait être eux, il l'apprendrait plus tard et s'en voudrait.

Après l'opération qui s'était bien déroulée, un cours séjour à l'hôpital et les navettes pour les séances de rayons, la chimio avait eu raison de la chevelure auburn de Colette. Deux semaines avant le premier traitement elle n'avait pas hésité à se faire raser totalement pour anticiper et une perruque de belle facture coupée en carré dégradé, lui avait permis de conserver son port de tête toujours aussi distingué.

Henri avait insisté pour l'accompagner chez le coiffeur ce jour là mais jamais il ne s'était senti aussi mal ! Un trac indescriptible l'avait saisi en voyant les cheveux dégringoler au sol. Comment allait-il réagir, accepter ce que Colette, elle, paraissait avoir intégré, prête à l'assumer.

Le visage rectangulaire de Colette se révéla dans toute sa beauté, *Bon Dieu, qu'est-ce qu'elle est belle !* elle avait quelque chose de Demi Moore dans son rôle de GI. dans « A Armes Egales ». (*Il avait gardé pour lui sa réflexion, effrayé par le jeu de mot qui lui était venu naturellement.*)

Aujourd'hui, ses yeux verts s'étaient encore un peu plus enfoncés dans son visage plus émacié mais elle faisait l'effort de se maquiller très légèrement pour ne pas donner cette impression de malade.

Henri, toujours à ses petits soins gérait le plus possible l'intendance de la maisonnée, la femme de ménage Malika avait multiplié par deux ses heures, la diététicienne de l'hôpital la suivait de près.

Cela n'avait pas empêché l'ajournement par trois fois des séances de chimiothérapie dû à un taux trop faible de globules sanguins. Alors tout était remis en cause, le protocole, la guérison, le moral... puis peu à peu tout se remettait d'aplomb. Elle était enfin arrivé à la fin du traitement, les analyses satisfaisantes, elle, lui, tous les deux se remirent à vivre plus normalement, recevant toujours pas, mais n'hésitant plus pour une sortie restaurant ou une soirée. Le lendemain elle était d'office obligée au repos mais ce n'était rien par rapport à ce qu'elle avait enduré les mois précédents.

D'ailleurs, elle avait presque reprit son poids de départ, son visage était moins fatigué, elle avait encore son profil de sportive. Même si elle ne fréquentait plus les salles, elle s'obligeait à de la marche et des mouvements adéquats chaque matin dans sa chambre.

Un soir, ce jeudi de juin, elle se mit au lit alors qu'Henri traînait encore sur le balcon abandonné à la lecture. Il ne tarda pas à fermer son livre et laissa glisser les volets roulants. Il réalisa que Colette était déjà au lit et s'empressa de faire de même. La lampe de chevet allumée, elle ne lisait pas, ne dormait pas, elle souriait, elle l'attendait.

Colette le pria de se serrer contre elle. Elle était nue. Il n'eût pas le temps de s'en étonner. D'une petite voix priante :

- Henri... je t'aime... viens... s'il te plaît... ! Elle lui pris la main qu'elle enfouit aussitôt sous son pubis et répéta les mêmes mots lascivement.

Il se prêta au jeu. Cela faisait des mois qu'il ne l'avait pas touchée aussi intimement. La calomnie l'avait certes inhibé, mais la maladie en avait rajouté et l'avait empêché d'aller au delà de câlins superficiels, de longs baisers.

Henri sentit ses sens s'exacerber, il jeta sa veste de pyjama et retrouvant la douceur chaude de sa peau, son parfum, il la pénétra vivement. - elle avait pris soin de lubrifier son sexe d'un onguent qui sentait la pêche : la ménopause, la chimio, les rayons avaient perturbé sa sexualité - S'en suivit un va-et-vient rapide, presque rageur. Il lui faisait mal mais Colette suivait ce rythme soutenu, s'arc-boutant, subissant les coups de boutoir. L'un comme l'autre, éprouvaient dans cette brutalité une manière de repousser, oublier les attaques morales ou physiques qu'ils vivaient depuis des mois. Elle avait mal, mais cela la satisfaisait, il lui faisait mal mais il était là, en elle. Il lui faisait mal, mais elle était vivante.

Henri ralentit son rythme. Déçue, Colette crut une seconde qu'il avait déjà joui en elle, mais elle sentit son membre encore dur se retirer. Elle n'eût pas le temps de prononcer quoique ce soit, qu'aussitôt, il l'embrassa avec force, lui minauda un « pardon », lui mordillant les lèvres et de ses mains lui caressant ses joues rosies par l'effort.

Bon Dieu ! Que je l'aime !

Elle le laissa titiller ses mamelons, lui masser les reins, les fesses. De longues secondes d'un massage excitant qu'elle reproduisit à son tour firent place à une succion délicate de son clitoris. Elle se tortillait en gémissant, il la fit patienter encore un moment puis la pénétra doucement, se serrant au plus près de son bas-ventre. Des va-et-vient lents, appuyés qu'elle approuvait de borborygmes amoureux. Il lui prit la main, l'invitant à se caresser, lui intimant de le faire doucement.

Colette sentit venir l'orgasme, Henri s'appliqua dans sa cadence, Il la connaissait bien, il sentit ses contractions, son souffle saccadé, son « appel au secours » lorsqu'elle jouit. A son dernier spasme, il éclata en elle, elle ressentit la dernière salve de plaisir violent.

Hébétés, tous deux encore essoufflés ils restèrent quelques secondes sans bouger. Il rapprocha son visage du sien. Colette avait les yeux humides de bonheur, elle lui répéta à l'envie son amour. Il bascula enfin sur le côté et remonta les draps. Elle glissa sa tête dans son épaule, apaisée, molle. Ils s'endormirent ainsi, le corps lourd, dans la moiteur de leurs efforts, l'odeur de leurs fluides.

Henri n'avait pas baissé à fond les volets et un rai de lumière le réveilla. Huit heures déjà, il était encore ramollo de la veille et devait se lever pour recevoir Malika, leur femme de ménage. Il prépara le petit expresso que Colette appréciait avant de mettre le pied par terre. Le bruit de la machine à café lui fit ouvrir un œil. Il était là, assis sur le lit le plateau en main.

- Bonjour ma chérie !

Un long baiser en remerciement et un petit câlin avec la tasse en équilibre, elle voulu bien se redresser .

- Henri, si on allait passer la journée au Cap ?

Etonné de cette question, qui n'en était pas vraiment une,

- Euh ! Oui ! Mais oui, bonne idée, mais tu sais que notre femme de ménage est là pour la matinée ?

- Effectivement ! Mais on s'en fout ! Elle a sa clef.

- Tu as raison, je prends ma douche je m'occupe de ça. Je t'aime !

Il avait mené de front, les bagages pour deux jours, la réservation à l'hôtel, la préparation du bateau (sans lui dire, grâce à Denis), et juste un SMS laconique à Didier.

Deux heures plus tard, ils étaient dans la voiture, en route pour le Cap d'Agde. Ils avaient quitté, fui l'immeuble, le garage, comme des adolescents énamourés en pleine fugue.

Ils traversèrent le plateau du Larzac et descendirent le pas de l'Escalette, toutes vitres ouvertes, laissant entrer le courant d'air chaud. Les cigales s'en donnaient à cœur joie, un ciel magenta promettait un agréable week-end en amoureux.

Ils prirent possession de la chambre un peu après treize heures. Le Richelieu Hôtel, un peu en retrait de la plage disposait d'un magnifique jardin, piscine et spa. Le réceptionniste leur indiqua « Alessandro », une Trattoria sur le bord de la voie piétonne à deux cents mètres.

Loin du centre du Cap, où ils connaissaient bon nombre de commerçants, où ils ne manqueraient pas de croiser des têtes connues, l'hôtel et le restaurant leur assureraient un minimum d'anonymat, ils souhaitaient tellement rester tous les deux ensembles, isolés, totalement libres.

Des tables et des fauteuils bariolés aux couleurs italiennes, des serveurs élégants, un grand bar où des habitués plaisantaient, la Trattoria était des plus accueillantes, gaie et chic à la fois. Emballés par leurs pâtes aux méjillones et un tiramisu exeptionnel, ils réservèrent pour le soir même. Alessandro, le patron, un bel et charmant italien qui avait observé tout au long du repas les attentions réciproques amoureuses de ce couple « sexa », en avait été ému. Il leur apporta lui-même l'addition et leur offrit un limoncello glacé maison.

- A cé soir ! Alors ?

Henri laissa Colette se reposer longuement sur la loggia de leur chambre.

A la mer un peu moutonneuse, le soleil cédait

ses derniers rayons. Colette se para d'une étole écossaise pour recouvrir ses épaules dénudées. Ils se promenèrent sur la plage où quelques touristes seulement foulaient aussi le sable que le vent de surface projetait en fines aiguilles sur les chevilles.

Elle émit le vœu d'un petit tour en voilier. *Je savais qu'elle en parlerait.*

- Moui ! D'accord, pour demain matin dix heures ?

- Soit ! T'es un amour et elle se serra fort contre lui pour faire les derniers mètres jusqu'à la voie piétonne, rejoignant le restaurant.

Alessandro leur avait proposé une banquette confortable dans un renfoncement intime d'où ils pouvaient voir à la fois l'effervescence du personnel, et la promenade. Ils apprécièrent d'être cuisse contre cuisse, en amoureux. *J'adore le charme discret des banquettes !*

Toujours aussi satisfaits de la Tratoria, ils avaient goûté aux crostini, aux aubergines au parmesan et une magnifique brioche polonaise. Le Barolo leur avait donné des couleurs, enjoués, heureux, ils retrouvèrent le lit avec plaisir.

Ils réalisèrent alors qu'ils avaient passé une journée de rêve, laissant derrière lui toutes les « emmerdes ». Pour la première fois depuis des mois, ils n'avaient pas évoqué la privation de leurs petits-enfants, avaient oublié la maladie.

Ils se réveillèrent blottis l'un contre l'autre et attendirent le petit déjeuner. Puis à dix heures, rendez-vous avec Denis qui s'était chargé de tout. Le Kerlouan était paré. Ils pouvaient prendre la mer. A midi, ce serait sandwichs pour simplifier, cela leur laisserait toute latitude pour leur balade.

Sitôt sortis du chenal, ils retrouvèrent un peu plus de vent et l'esquif se laissait aller droit devant avec sa grand voile. La chaleur se faisait plus intense, ils supportaient leurs casquettes à longue visière, mais ils s'étaient enduits de crème solaire pour profiter un maximum du soleil.

Vers midi ils apercevaient bien loin la côte du Crau quand le vent céda. Henri affala la voile. Le soleil lui-même commença à jouer avec les nuages, il faisait chaud malgré la présence humide de la mer.

Colette s'enfonça alors dans la cabine chercher les sandwichs et la boisson. Henri, pensif, laissait filer son regard vers ce bout du Massif Central qui émergeait de l'horizon. Au bruit qu'elle fit en arrivant sur la plage du bateau, il se retourna.

Elle était nue, avait retiré sa perruque. Le soleil ressorti des nuages l'éclairait, la transcendait, soulignant ses courbes en amplifiant les ombres. Il déglutit, surpris de son impudeur, amusé, pantois. *Ouah ! Qu'est-ce qu'elle est belle !*

Elle était belle, oui, et à se pendre ! Elle avait repris les quelques kilos que lui avait volé le traitement de choc. Le soleil irisait sa peau blanchounette, la réchauffait jusqu'à l'intérieur. Elle était rayonnante, elle se jeta amoureusement sur lui.

- Henri , fait-moi l'amour, là, tout de suite !

Aussitôt, il tomba son slip de bain et l'empoigna par les hanches restant assis sur le coffre tribord, mais le roulis l'arrêta dans son désir. Il posa un plaid sur la plage dans l'axe du bateau et s'assit, la reprenant par les hanches, elle sentait bon la pêche. Elle s'empala sur son membre raide et commença une série de va-et-vient en se trémoussant. Henri la soutenait pour la prendre au plus profond, elle, se masturbait en même temps. Ils n'attendirent pas longtemps avant de lâcher prise dans les mêmes vibrations, les mêmes gémissements de plaisir, soudés l'un à l'autre. Ses yeux lui racontaient. Ce fut fugace, violent mais tellement bon !

Il la caressait tendrement, la caressait encore, quand il sentit qu'elle pleurait. L'angoisse le saisit alors - *et si c'était la dernière fois ?* - Essayant de chasser cette pensée, mais certain que la même angoisse avait dû saisir Colette, il chercha un peu de brise pour sécher ses propres yeux humides. Il vit dans les siens la panique installée et le désespoir mêlé au plaisir de sa jouissance.

- Je suis là, je t'aime, je t'aime fort !

Elle se recroquevilla dans ses bras. Il la protégea du soleil, la calma avec des mots tendres.

Henri empoigna un cordage et invitant Colette, se jeta à l'eau vivifiante. Elle suivit et fit quelques brasses sans s'éloigner du bateau. La baignade impromptue les revigora. Le vent s'était levé, ils hissèrent à nouveau la voile et rentrèrent au port.

Ils profitèrent du Spa et sans courage pour sortir à nouveau du Richelieu Hôtel, ils y dînèrent en amoureux, ne se lâchant pas la main. Il repartiraient le lendemain en fin de matinée pour profiter quelques heures encore du bord de mer.

Ils s'arrêtèrent à Peyre dans l'après-midi, pour embrasser Paul et Adeline qui furent heureux de les recevoir. Pas vexés pour deux sous, des derniers coups de fils stériles, ils avaient compris la détresse du couple et son désir de rester en retrait. Ils apprécièrent ainsi la visite de Henri et Colette et apprirent les dernières nouvelles.

Henri confia discrètement à Paul sa dernière visite à l'avocat. Visite que Colette ignorait. Il avait appris en l'occurrence, qu'il pouvait demander et obtenir un arrêt de l'instruction de la plainte dont il avait fait l'objet, compte tenu de l'absence de résultat à charge, et du délais largement dépassé. Seulement, le procureur dans ce cas est tenu d'informer le plaignant. Autant dire que sa garce de belle fille et son fils en mettraient une autre couche. Donc, nada : on bouge pas !

Ces mots laissèrent un Paul incrédule et résigné. Il n'en parlerait pas à Adeline. Promis !

Après un goûter improvisé, ils prirent congés, leur amitié intacte. Il était tout juste dix huit heures, ils arrivaient à Rodez et firent le détour pour rendre la même visite aux Ducros. Ces derniers ne les attendaient pas, mais le téléphone avait fonctionné ! Paul avait cafté.

Henri s'excusa de sa conduite, aussitôt rab-roué par Robert qui ne lui en voulait surtout pas. Lui aussi avait compris et était sur la même ligne que leurs amis de Peyre. Colette s'isola avec Virginie, lui montra sa boule à zéro. Elles en rirent, dédramatisant la maladie, mais Virginie fut admirative de tant de courage et lucidité.

Ils restèrent pour un souper improvisé, aussi. Un souper fraternel, d'amour fraternel. Le séjour de rêve continuait.

Rentrés enfin vers vingt deux heures, Colette exténuée ne demanda pas son reste, Henri ne traîna pas non plus. Ils s'endormirent, heureux.

Ils se retrouvèrent plusieurs fois avec les Ducros, ou les Vidalencques, firent quelques sorties en Dordogne mais sans plus. Colette qui avait mis quelques jours à se remettre de leur escapade de juin hésitait à renouveler l'expérience du Cap d'autant qu'il fallait être en forme pour la visite de contrôle dans un mois...

La Coquille bleue - Just a story - PAGE 320

Un matin d'août, alors qu'elle s'affairait dans la cuisine, Colette fut saisie d'un vertige, se retenant au plan de travail un instant, elle s'effondra au beau milieu de la pièce entraînant avec elle une caissette de framboises qui voltigèrent. Certaines avaient éclaté, laissant sur le sol carrelé des impacts rouges. Henri était arrivé quelques minutes plus tard. Fermant la porte du hall,

- Colette, c'est moi ! Je t'ai ramené tes enveloppes !

Pas de réponse ! Etonné, il s'approcha de la cuisine et vit sa femme allongée entouré de sang. Le sien ne fit qu'un tour, il s'accroupit instantanément, lui parlant, la palpant pour découvrir la blessure. Il comprit enfin que ce n'était que les fruits rouges, cependant, Colette était toujours allongée, inconsciente. Il appela les pompiers.

Elle reprit connaissance dans le fourgon, ne se souvenant de rien mais se plaignant d'un mal à la tête dû sans doute à la chute. Aux urgences, la radio puis un scanner de vérification donnèrent le diagnostique.

Sans aucun doute, une tumeur au cerveau lui avait provoqué une perte de conscience, la chute. Henri apprit la nouvelle, anéanti.

Colette changea de service, elle avait eu encore un malaise. Il la transférèrent dans un service qu'elle connaissait hélas que trop bien. Le professeur Morreau d'oncologie se chargea lui-même de la bonne marche des analyses, tep-scan... Cela ne donnait rien de bon, il fit appeler Henri dans son bureau. Il lui avoua que le cas de Colette était très préoccupant et demandait des analyses complémentaires. Henri, pas dupe lui demanda tout de go :

- Bien Docteur, elle va s'en sortir ou non ? Si non... vous lui donnez combien de mois ?

- Monsieur Berthaud. Votre épouse a bien une tumeur au cerveau, mais...

- Mais quoi ? Docteur !

- D'autres métastases se situent sur le pancréas, la rate est touchée et la biopsie d'une tumeur sur le gros intestin nous confirmera sans aucun doute sa malignité. Monsieur Berthaud, il n'est pas prudent et judicieux d'opérer votre épouse. Je vous...

Henri lui coupa la parole, en sanglots;

- Vous voulez dire que l'on peut rien faire et donc... Au moins vous pourrez ne pas la faire souffrir, hein ? Doc ! Je ne veux pas qu'elle souffre !...

- Nous ferons le nécessaire, je vous le promets. Pour le moment elle reste dans mon service. Je ne la lâcherai pas.

C'est un zombie qui quitta le professeur. Anéanti, le cœur en morceaux, il devait rejoindre la chambre de Colette.

Il en ouvrit la porte. Colette rehaussée sur le lit par des oreillers l'attendait. Elle le fixa, et bien sûr lut dans ses yeux humides ce qu'elle redoutait. Il s'approcha, elle lui prit les mains.

- Chéri, je ne souffrirai pas, hein, dit !

Henri n'eût pas le courage de la regarder davantage et s'adressant au mur :

- Non ! ma chérie, je suis là. Ne t'inquiètes pas ! Je t'aime !

Ahurie de la banalité de ces quelques mots, ne sachant que dire de plus, il la serra fort, très fort. Elle, sanglotait.

- Aller, ça va aller ! On va te soigner, le professeur Morreau s'occupe de toi. Il me l'a promis : il ne te lâchera pas. Alors... tu vois !?

Il resta encore deux heures avec Colette qui finit par s'endormir après un repas des plus légers. Les infirmières lui enjoignirent de rentrer chez lui et c'est un homme abattu, le cœur gros qui franchit la porte de son appartement.

Qu'allait-il devenir sans sa Colette... La vie était déjà devenue triste, ce qu'il avait aimé ne le concernait plus, n'avait plus de goût, chaque souvenir était douloureux... le soleil ne se levait plus pareil... Il devait encore prévenir Didier.

Ce dernier comprit le principal en entendant la voix sanglotante de son père. Deux heures plus tard, il sonnait à l'interphone et retrouvait Henri la tête dans les mains, assis de travers sur une des chaises de la cuisine. Son père ne l'avait pas entendu entrer, il avait sa propre clé. Ils s'embrassèrent aussi consternés l'un que l'autre.

Passée l'émotion, Henri réussit à lui raconter les dernières heures. Didier resta à coucher, sa fille était gardée par sa voisine de palier à Cahors. Elle lui avait dit de rester le temps qu'il voulait.

Ils rendirent visite à Colette. Un moment difficile que Didier sut gérer, prenant sur lui, évitant de regarder son père au centième dessous. Il fut heureux de voir sa mère pomponnée et finalement positive. Il se douta bien qu'elle donnait le change, néanmoins, ils purent échanger sur la maladie sans langue de bois, enfin, sur ce qu'elle savait réellement, c'est à dire peu. Il parla longuement de son travail, de Charlotte et de sa nouvelle compagne Béatrice.

Cela mit en joie Colette de savoir son fils à nouveau amoureux, heureux, prêt refonder une famille. Béatrice avait de son côté un fils à peine plus âgé que Charlotte et.... et, elle lui fit avouer que c'était bien la voisine en question. Henri écoutait, ravi aussi, il se rapprocha d'eux pour partager encore les dernières infos, essayant de contenir toute son angoisse et sa peine.

Les Vidalenques, les Ducros, les amis et voisins de Rodez, tout Proxiloca vinrent rendre visite à Colette, lui offrant un peu d'optimisme.

Puis, les dernières analyses confirmèrent les doutes de Morreau. Colette se plaignit de douleurs abdominales, fit trois mini comas en peu de temps et à chaque fois mettait plus de temps pour réagir. Ce jour là, Henri lui apporta des mini-bouchées au chocolat, c'était son anniversaire et les fleurs étaient interdites.

- Coucou ! Avait-il prononcé doucement.

Colette enfoncée dans son lit se releva sur un coude.

- Bonjour ! Monsieur !
- ????!!!! Henri stoppa net.
- Colette, c'est moi ! : Henri !
- Vous êtes qui ?

C'en était trop. Il déposa les chocolats, dit pardon et reflua dans le couloir.

Le chagrin l'envahit, incapable de retenir ses sanglots il resta accroupi à côté de la porte, la tête enfouie dans les genoux, le cœur déchiré jusqu'à ce que Isabelle, l'infirmière en charge de Colette l'aperçoive avant de rentrer dans son bureau. Elle lui donna un cachet pour gérer son stress et avec force paroles tendres, d'empathie elle réussit à le calmer.

La maladie poursuivait son œuvre destructrice. Isabelle lui avait certifié qu'elle ne souffrait pas. Mais il se refusait à admettre les faits. *Non, pas elle ! Pas ma Colette !*

Toutes les après-midi il restait auprès d'elle, lui tenant la main lorsqu'elle somnolait ou dormait. Elle avait beaucoup maigri et cela l'impressionnait. Dès qu'elle bougeait, il était sur le qui-vive, redoutant un réveil interrogateur sur le lieu ou sa personne. Elle ne reconnaissait plus personne.

Didier venu la voir était ressorti tout aussi désespéré, effondré. Le week-end suivant, il s'était refusé à venir avec sa fille et Béatrice. Pas plus que son père, il ne s'y était toujours pas fait.

Tous les soirs, Henri rentrait disloqué de sa visite. N'ayant aucun goût pour la télé, il tournait en rond, ressassait, triait des choses inutiles, parfois tombait sur un album photo qu'il feuilletait avec la peine qui lui arrachait le cœur. Ou bien restait abattu dans le canapé, le casque sur les oreilles, s'assourdissant de décibels wagnériens jusqu'à l'abrutissement. Sous la douche, il lui arrivait de hurler son désespoir en sons rauques que le bruit du jet ne parvenait pas à masquer. Il se mettait ensuite au lit exsangue, exténué, et dormait mal.

L'attention des amis ne lui suffisait plus, l'amour de Didier et de sa petite famille ne le soulageait plus. Lui qui avait mené toute sa vie tambour battant, réussi dans ce qu'il avait entrepris, n'avait plus d'envie, plus de ressort pour faire face à ce drame amplifié par l'épée de Damoclès qu'il redoutait toujours inconsciemment, risquant de jeter le discrédit sur lui, sa famille, ses amis. Pragmatique hier, il lui était impossible de surmonter ces épreuves, il était laminé.

Marion avait retenu son souffle, ses sanglots. Elle se souvenait des dernières visites avec son père à l'hôpital alors que Mamie Line ne reconnaissait plus personne. Elle l'avait très mal vécu, dans l'incompréhension et malheureuse de voir ses parents dans la peine. Elle était en classe de cinquième…, elle se rappelait de la gentillesse de ses copains et copines au décès de sa grand-mère… puis l'absence, cette absence de Papi Tze…

Il lui revenait à l'esprit la réflexion du cancérologue, à la première alerte : *y a -t-il eu un événement grave qui aurait pu vous perturber ? Avait-il demandé à Colette.*

Elle avait éludé la question.

Aujourd'hui, il était persuadé que l'accusation portée par ses enfants était la source du mal. Colette avait supporté cela, elle l'avait même superprotégé, lui, son mari. Elle payait le prix fort. C'était injuste, pensait-il , comme était injuste, intolérable la position de la justice qui se satisfaisait de l'infondé, la rumeur, la calomnie. Une justice qui donnait finalement le droit de broyer les personnes, le droit de diffamer sans preuves. Une justice qui se réveillerait trop tard.

Le professeur parlait souvent avec Henri, lui expliquait l'évolution de la maladie comme si cela pouvait l'affranchir de sa douleur intérieur. *Tu parles, ça me fait une belle jambe ! Elle va mourir ! Nom de Dieu !*

Morreau admettait, assumait son incapacité à guérir sa patiente. Il avait augmenté les doses de morphine, Colette ne souffrait plus. Non, mais simplement, elle n'était plus là !

Il était assis auprès d'elle, lui tenant la main. Les infirmières lui avaient dit qu'elle avait une nuit agitée. Là, maintenant elle paraissait calme, le visage détendu. Ses sourcils avaient repoussé, mais ses yeux de plus en plus enfoncés étaient fermés, comme reposés. Sa respiration était lente et faible.

«Dieu ! Ne me l'enlevez pas !» Cette injonction lui était venue naturellement, lui qui n'était pas croyant. Ce réflexe, hérité d'une éducation religieuse, de liturgies supportées lors de

cérémonies, pourtant enfouis dans sa mémoire, s'était révélé alors. Il en fut surpris.

Il la regardait encore et encore, songeant au bonheur qu'il avait eu avec elle pendant toutes ses années. Son regard se brouilla, ses pensées se perdirent dans ses souvenirs.

Il se souvenait...

Sa rencontre avec Colette près de Bramabiau alors qu'ils randonnaient.

Son premier flirt et les premiers fous-rires avec cette jeune fille douce, belle à croquer.

Leur mariage discret et la naissance de Sébastien, puis de Didier...

Il se souvenait... leur débuts complices dans l'entreprise...

Il se souvenait...leur amour indéfectible...

Il se souvenait ...

Il reprit conscience, il ne sentait plus la tiédeur de son poignet.

Son propre cœur s'emballa, il s'approcha du visage de Colette, son souffle s'était éteint. Il resta figé quelques secondes avant de réaliser.

Fini, c'était fini !

Fiévreusement, il déposa tendrement avec douceur un baiser sur son front pâle.

Isabelle alertée par le moniteur dans la salle de contrôle arriva aussitôt. Henri désemparé s'en remis à ses bras accueillants et pleura toutes les larmes de son corps.

*

* *

La Coquille bleue - Just a story - PAGE 328

Henri avait baissé les yeux et fixé la clef, cette clef usée, polie à force de faire tourner ce barillet depuis si longtemps. Au clac de la serrure il avait fermé sa boîte de Pandore. A jamais !

Le ferme porte de la porte avait couiné, comme un dernier adieu.

Un bouquet de fleurs et un gros sac Intersport comme seul bagage il était descendu au parking prendre sa voiture pour son dernier voyage souhaitant ne rencontrer personne.

Il s'était arrêté au cimetière, avait déposé les fleurs sur la tombe familiale où avait été déposées à jamais les cendres de Colette. Il était resté un long moment prostré... Il se décida enfin, repartant la tête basse, le pas lourd, le cœur en naufrage. Elle lui manquait tellement.

Il avait roulé sans arrêt depuis Rodez, un peu comme un zombie. Par les fenêtres ouvertes, le courant d'air frais de ce mois de septembre ne parvenait pas à le « réveiller ». Tout à ses pensées meurtries, il avait traversé les villes, les villages mais n'aurait pu se rappeler les routes qu'il avait empruntées.

Ayant passé Millau, il avait continué jusqu'à Pèzenas, puis Agde où sa chambre était réservée. Il y passerait la nuit.

Il avait rendez-vous à neuf heures avec Denis sur le quai du vieux cap au Cap d'Agde.

Au téléphone, deux jours plutôt il lui avait demandé de préparer son voilier ; il rejoindrait des amis en Espagne, lui avait-il dit.

Il l'aperçut près du bateau, ils se firent l'accolade sans insistance. Henri ne confia pas sa peine. Il jeta son sac sur la plage avant, prit les clés que lui présentait Denis, le remercia vivement en lui remettant quelques billets comme convenu. Le nécessaire avait été fait auprès de la capitainerie, le plein avait été fait, le mini frigo vérifié, tout était O.K. il pouvait partir.

Denis le vit s'éloigner du ponton et lui adressant un salut amical, resta interrogatif. Soit ! Le deuil avait ébranlé son ami - il avait pu s'en rendre compte lors de la cérémonie au crématorium - mais aujourd'hui, son mutisme l'avait presque glacé. Lui-même, n'avait pas osé ou n'avait pas trouvé les mots pour tenir un semblant de conversation.

Au sortir du port, Henri avait hissé la grand voile, il se retrouva rapidement en pleine mer. La houle était faible et le vent sensible mais régulier ne l'obligeait pas à tirer des bords. En prenant un cap sud il savait qu'il s'éloignerait au delà des limites raisonnables pour son embarcation, mais les mains sur la barre et l'œil rivé sur l'horizon il restait de marbre, un marbre fissuré, noir.

Huit jours plus tôt, son fils avait parfaitement assuré la cérémonie. Quelques petits mots d'affection et d'amitié l'avaient fortement ému et avec lui, la famille, les amis, les connaissances présentent à la crémation.

Plus tard, en remettant l'urne au préposé des pompes funèbres positionné à l'intérieur du caveau, ses yeux s'étaient embués et un sanglot l'avait submergé. Il avait craqué, Paul, Robert, Adeline, Virginie, les amis de toujours, l'avaient entouré, calmé, consolé. Les condoléances, les derniers mots avaient suivi.

Il était rentré chez lui accompagné des fidèles, puis s'était retrouvé seul, désespérément seul, comme il l'était depuis quelques mois. Une solitude qu'il ne supportait plus. Une solitude qu'il ne voulait plus. Une solitude qu'il devait fuir.

Il avait comme on dit : « arrangé ses affaires » chez son notaire, depuis plusieurs semaines. Il n'avait laissé aucun mot pour ses proches et avec un certain cynisme ne s'en souciait même pas. La vie lui avait beaucoup donné et voilà qu'elle lui avait tout repris. Il ne se bagarrerait plus.

Au bout de quelques vingt milles, il mit son frêle esquif en panne. Sans hésiter, il enjamba la plage arrière et se laissa glisser dans l'eau froide sans même jeter un regard à l'horizon.

Sa détermination le laissa insensible à cette fraîcheur, et il resta plusieurs minutes accroché à une garcette... puis se sentant assez engourdi... il desserra ses doigts. Il se laissa s'enfoncer sans chercher à reprendre le moindre souffle et avant que l'absence d'oxygène n'endorme pour toujours son cerveau, des pans entiers de sa vie défilèrent dans un décor cotonneux...

Deux jours plus tard, alors qu'il passait devant la maison de la presse, un gros titre sur le quotidien local attira son attention.

« *Des plaisanciers trouvent un voilier à la dérive... personne à bord ... les recherches de membres d'équipage n'ont rien donné ...* »

Denis, pourtant au courant du moindre potin portuaire, découvrait avec stupeur les lignes du journal. Sans nul doute, le Kerlouan à «vingt milles Est» au large de Gruissan était celui d'Henri. Il sortit le portable de sa salopette. Fiévreux, il composa le numéro de Paul...

FIN

Marion ferma le livre et resta immobile, pensive... un long moment.

12   RETOUR

JULIE - ALEXANDRE

J ulie avait lu plus lentement, relisant à l'envie des passages entiers ou délaissant à l'inverse des paragraphes qui ne la touchaient pas. Emue par la scène de la déchetterie, comme elle l'avait été au cinéma, elle ne lâcha plus le livre, jusqu'au bout.

L'opus était maintenant plein de petits marqueurs jaunes. Ils lui permettraient d'y revenir à loisir. Elle était à la fois convaincue maintenant du rapport troublant, des connexions avec ses souvenirs mais ébranlée par le dénouement de « Just a story ».

Alexandre avait donné de ses nouvelles, du

bord du lac de Constance. Installé à l'hôtel Halm, en première classe, le séminaire était des plus agréables en plus d'être passionnant. Il lui fit envie en évoquant les bars à bière, le jarret de porc bouilli, les knodël, le strudel ou la forêt noire, autant de spécialités qui ravissaient un gourmand comme lui.

L'un comme l'autre avaient eu de la peine à raccrocher chacun de son côté, les mots amoureux, les baisers numériques avaient dû imputer gravement les forfaits téléphoniques.

Il rappela le lendemain matin à sept heures. D'abord étonné de son coup de fil matinal, elle fut aux anges quand il lui confirma son retour « vendredi aprèm ». Elle ne lui cacha pas son désir de monter à Bazas, ce week-end....

- Je te suis ma chérie, si tu veux bien de moi.

- YYYess ! S'était-elle écriée dans le portable. Alex, je t'aime, je t'aime !!!

Remontée à bloc, heureuse par avance de présenter « l'homme de sa vie » à sa fratrie, elle se prépara en dansant, en chantant, tant pis pour les voisins.

Ils la virent arriver aux Transports Fargeot, transfigurée. Elle ne rougissait plus aux réflexions appuyées de ses collègues, elle assumait cette relation avec le « beau gosse ». En réalité, elle était enviée mais tous étaient réellement heureux pour elle.

Frédéric l'attendait, soucieux, encore un problème avec un saccage de camion sur l'aire de

Laharie.

- Bonjour Julie ! Ooh, mais c'est la pêche ce matin ! *Ses yeux, ses fossettes l'avaient trahies.*

- Oui, Fred. Bonjour ! Alexandre va venir avec moi, voir mon frère et mes sœurs ce week-end, je suis trop contente !

Elle s'était jetée sur lui et trépignait de joie, comme une gamine qui annonçait une bonne note à son père. Il en sourit, puis :

- Mais c'est génial ! Mais... si on regardait ça ? En lui présentant l'air grave un document de la gendarmerie.

Les affaires reprenaient, elle devait se recentrer.

- Pardon Alex ! Je m'y mets aussitôt. Elle prit avec elle le procès verbal et rejoignit son bureau en lui faisant un petit signe de connivence de la main.

Décidément, cette jeune femme est adorable ! se disait Frédéric.

La journée du vendredi fut longue, très longue, même entrecoupée du resto à midi. C'était un moment privilégié pour ce gruppetto qui soufflait une petite heure avant la dernière ligne droite qui terminait la semaine laborieuse.

Julie était volubile et communiquait à tous sa bonne humeur. Il y avait de quoi, Alexandre serait là dans deux heures, il passerait au garage, elle le retrouverait la-bas, c'était convenu.

Elle dut prendre un appel de l'hôpital de

Langon. Le professeur Barral désirait la voir avec son frère : l'état de santé de sa mère s'était détérioré. Elle avait senti une certaine inquiétude dans les propos de Barral, elle irait donc demain après-midi, il voulait bien la recevoir. Contrariée, Julie se demandait bien comment elle allait gérer tout ça alors qu'elle se faisait une joie de passer l'après midi avec les siens.

Dix sept heures était affiché sur sa pendule de bureau, elle venait de terminer son dernier courrier, elle l'inséra dans l'enveloppe qu'elle affranchit et mis dans la corbeille « A poster », puis se ravisa. Non, elle allait récupérer les autres enveloppes éventuelles auprès de Frédéric et ses autres collègues, puis filerait chez IVECCO. Elle posterait tout cela le lendemain matin.

Alexandre l'attendait dans son bureau, il avait eu le temps de se faire briefer par ses adjoints, de régler un peu d'administration, vérifier les emplois du temps. Il était serein, ses yeux brillèrent lorsqu'il la vit passer la porte, une fois le code aux quatre coups effectué. Comme des gamins, ils avaient mis cette procédure au point plus par enfantillage que par nécessité.

Le site IVECCO V.I., à Bayonne n'était pas très important, l'ambiance quasi familiale. Chacun appréciait, connaissait Alexandre leur patron du site. Et bien sûr connaissait son idylle avec la petite Julie de chez Fargeot, chacun s'en réjouissait et ne manquait jamais de « besarkatu » cette jolie fille plaisante et bienveillante. « *Voilà qui nous fer-*

ait une belle patronne ! ».

Julie posa son courrier sur le bureau et se jeta sur son Alexandre. Des baisers pleins de fougue et enfin quelques mots tendres s'ajoutèrent à ces retrouvailles. Elle se laissa envelopper dans ses bras, se laissant serrer jusqu'à l'étouffement. Alexandre relâcha son étreinte.

- Tu m'a manquée Julie, tu m'as manquée !

- Alex, c'était long, tu sais !

- Bon alors ! Demain tu m'emmènes dans ta famille ?

- Tu sais, je suis heureuse que tu acceptes. Mais, il faut que ….

- Ma chérie, je ferme la boutique et je serai tout ouïe ! Ouuuiii ? Il l'avait alors attrapée par la main et l'emmenait faire le tour des portes à verrouiller. Ils allaient avoir deux jours pour eux seuls ou presque.

- Il faut que je te dise : le professeur Barral m'a appelée, pour ma mère, il me recevra demain après-midi...

- Mais je t'accompagnerai, y a pas de souci !

Elle le remercia d'un baiser langoureux, émue de cette gentillesse spontanée.

Julie et Alexandre firent un saut à l'appartement, Esope attendait fièrement derrière la porte. Sensible à ses miaulements elle lui prépara rapidement ses croquettes pour les deux jours et de l'eau. Elle ramassa sa petite valise déjà préparée et regardant son chat dans les yeux, elle lui jeta un :

« Esope, je t'abandonne jusqu'à dimanche soir,

tu seras sage, hein ? »

Le chat avait sûrement compris, mais comme tous les chats, il en ferait ce qu'il voudrait. Cela dit, c'était un chat qui ne lui avait jamais causé d'ennuis. Mais elle n'aimait pas trop le laisser plus d'une journée seul.

- Je crois, que nous allons sans tarder lui faire découvrir les charmes de Chiberta ! Avait repris Alex. Julie avait compris l'insinuation, cela ne dépendait plus que d'elle. Heureuse, passionnée elle était prête à perdre un peu de sa liberté... Pourtant elle n'avait pas encore franchi le pas.

Alexandre respectait cette réserve, il l'aimait comme un fou, il attendrait ! Mais restait persuadé qu'elle se donnerait rapidement.

13   PAPI TZE

JUST A STORY

Marion avait donc refermé « La Coquille Bleue », hébétée. Attristée par cette fin, ou la peine cédait au désespoir, il fallait qu'elle en sache davantage. « Just a story » était une histoire sordide sur fond de calomnie, de peur, de malheur. Elle avouerait à Papi Tze son indiscrétion, il lui dirait bien ce qu'elle désirait savoir : le titre, le pseudonyme, l'histoire... pourquoi ?

Elle avait abrégé sa visite de l'après-midi et travaillé toute la nuit. Elle était ainsi libre pour assurer la sortie de son grand-père, ce samedi en fin de matinée.

Un peu avant midi, il retrouvait son « chez lui »,

heureux, satisfait, remerciant sa petite-fille pour s'être chargée des courses et de la remise en route de son intérieur après quatre semaines d'absence.

Cent quatre vingts mètres carrés au quatrième et dernier étage, avec balcon terrasse, un appartement traversant, aux imposantes baies vitrées, dominant la ville. Il n'avait pas eu le courage de le quitter, de le revendre. De là, il pouvait apercevoir les contreforts de l'Aubrac, enjamber le causse du Comtal, sauter le Lot et perdre son regard jusqu'à l'horizon...

- Papi, je t'ai cuisiné un confit aux haricots de chez Marœul, et j'ai fait des œufs à la neige. Je sais...

- Je t'aime ! Il la serra fort plusieurs secondes,

Je sais, c'est pas de saison, mais il faut que tu te retapes. Je mets la table, je reste avec toi tout le reste de la journée.

- Ma chérie, tu es adorable, viens ! Et l'embrassa à nouveau. Merci, merci !

Jamais son grand-père ne l'avait « aimée » comme cela. Émue aux larmes, Julie cacha son émotion en courant vers la cuisine prétextant que ça brûlait. Il la regarda fuir, il n'était pas dupe, quelque chose la tourmentait. Il resta impassible, après le repas il la questionnerait.

Julie venait de lui servir le café au salon.

- Ma chérie, c'était un régal, tu te débrouilles aussi bien que ta grand-mère, elle serait fière, tu sais !

- Merci Papi et....

Tapotant le coussin de cuir, il lui demanda de s'asseoir près de lui, sur le canapé.

- Bon, Julie, j'ai vu que quelque chose te tracassait, dis-moi, allez !

Hésitante,

- Papi... pardonne-moi... j'ai été indiscrète. Papa m'avait demandé de te récupérer les documents dans ton coffre, il n'avait pas eu le temps, c'est moi qui m'en suis chargée.

Et j'ai retrouvé la boîte tressée en alu, je n'ai pas pu m'empêcher de l'ouvrir, c'était la boîte de mamie Line... tu sais, tous ces souvenirs... alors j'ai fouillé un peu, découvert que tu avais écrit un livre. Je l'ai trouvé sur l'étagère, il m'a bouleversé... j'ai pas compris...

Sa voix s'étrangla en sanglots

Il la serra contre lui :

- Ma Julie... ma Julie... calme... calme !

J'ai écrit, oui, à un moment où je n'allais pas bien du tout. Rappelle-toi ! pendant quelques années, vous ne m'avez à peine vu, j'étais absent des fêtes, des anniversaires. Je me suis très mal remis de la disparition de ta grand-mère, j'en ai voulu à ton oncle, à la justice, à la terre entière.

- Mais... ?

Il lui pris la main, l'embrassa et ajouta :

- Attends, je vais tout te dire.

Ce sont mes amis éditeurs que tu ne connais pas encore qui m'ont entraîné dans l'écriture, je ne savais pas que je pouvais me lancer dans un truc pareil. Je me suis pris au jeu, cela m'a fait du bien, m'a fait relativiser.

Tout ce que tu as lu est proche de la vérité, j'ai changé bien sûr les lieux, les dates, les noms ; une biographie fiction jusqu'à la fin.

J'ai connu ta grand-mère en soixante trois, au hasard d'une ballade à vélo sur le causse au sud du Rozier, dans les gorges du Tarn. Avec deux copains, nous visitions le coin à partir de Meyruès où nous avions débarqué grâce à l'autobus, oui je sais, aujourd'hui on dit un bus.

Nous campions au gré du circuit, du temps, de notre fatigue. Je ne te parle pas de la montée des gorges de la Jonte jusqu'au plateau et Saint-André, où nous avions laissé les bécanes, pour visiter je ne sais quel monument... Ah si ! c'était le Prieuré de La Balme ou de saint Jean, non : les deux, Saint Jean La Balme. Je me souviens, ça montait encore dur au milieu des pins et des chênes rabougris.

A deux pas du Prieuré, une jeune fille assise sur le muret faisait des grimaces. Un genou en sang, l'autre griffé, elle ne pouvait pas mettre le pied par terre. Elle s'était foulée la cheville et avait débaroulé dans le chemin. Elle soufflait là, espérant reprendre sa marche, ses deux amis l'avaient abandonnée le temps de la visite.

Ses yeux m'ont attendri et je suis resté en bon samaritain. J'avais un petit nécessaire de secours dans mon sac et je l'ai soignée. Mes copains ont fait la visite et au retour, Jean qui finissait ses études de Kiné, put la soulager avec massage et manipulations.

Adrien, Adrien Courtaud, lui avait dégoté une canne de fortune en frêne et la demi-heure suivante, nous rentrions tous à pied à Saint-André.

Cette jeune fille, c'était ta grand-mère, en vacances chez ses propres grands-parents. Alors nous avons campé chez eux et... nous sommes restés quatre jours.

Je suis tombé amoureux ce jour là. Faut dire que ta grand-mère avait des yeux... était belle, enjouée, enfin tout, quoi !

Elle m'a fait découvrir le chaos de Roques-Altes, c'est sous l'arche de calcaire qu'on s'est promis de ne plus se quitter, et on ne s'est jamais quitté. Ta grand-mère habitait alors à Laguiole, ses parents étaient paysans. ...

Papi Tze, souffla quelques secondes, l'émotion l'avait gagné en évoquant ces souvenirs.

- Tu veux boire quelque chose, Papi ?
- Oui, allez !

Marion se leva et prépara un plateau avec du Soda Orange et La Quézac, l'eau minérale préférée de son grand-père.

- Papi, tu habitais où, à l'époque ?

Papi apprécia le verre d'eau fraîche et reprit.

- Tu sais, que je suis de l'assistance publique, orphelin, j'ai perdu mes parents quand je n'avais que deux ans. C'est un couple, lui était maçon, qui m'a adopté, élevé à Marvejols. J'ai fais ma scolarité la-bas, puis suis parti à Clermont pour faire des études pour le BTP, c'est là que j'ai connu Adrien et Jean Laborde, pas au Lycée professionnel, mais au vélo. Nous faisions partie d'une association de cyclotouristes.

Enfin, après le BTS, de l'époque, mon père ne voulait pas que je travaille avec lui, encore moins prendre la suite, il voulait que je vole de mes propres ailes. Alors j'ai trouvé du travail à Cahors aux Constructions Bouissou.

Puis l'armée m'a appelé dix huit mois et au retour, l'entreprise a bien voulu me reprendre. C'est alors que j'ai pu prendre des cours du soir et par correspondance pour obtenir la qualif. d'ingénieur. J'ai retrouvé Adrien et Jean qui avait un grand-oncle à Meyrueis, d'où notre escapade.

Je rendais visite à Jacqueline que rarement, le courrier était notre seul moyen de communiquer

Nous nous sommes mariés en 1968. En 78, ingénieur béton, j'ai été nommé à Millau comme coordinateur de chantier.

Entre-temps ton père et ton oncle sont arrivés. Nous avions acheté la maison de Cahors qu'on a gardée longtemps... Tu te souviens sans doute de cette maison en pierre, un peu en hauteur au dessus du Lot.

En 1982, j'ai créé ma boîte de conseil, étude en béton armé et matériaux, Jacqueline avait de son côté, après ses études de droit à Clermont, passé un diplôme de comptable. Elle s'est occupée alors de toute la logistique, la compta. Moi j'étais le plus souvent sur le terrain.

Nous avions, à un moment, jusqu'à quatre ingénieurs et deux secrétaires avec nous. Nous travaillions pour des architectes ou des grosses boîtes comme GTS ou l'administration des Travaux Publics dans toute la région. C'est à cette époque que nous avions acheté à Peyre.

Tu venais avec ton frère passer une à deux semaines avec nous à Cahors pour les grandes vacances, ou les petites, parfois à Peyre, tu te rappelles, les ballades en canoë ?

- Ah oui... !

- Tout doucement la retraite s'approchant, nous avons vendu Peyre où nous avions aussi les bureaux. La partie bureau d'étude a été cédée à deux de nos ingénieurs et nous avons pu acheter cet appartement à Rodez nous rapprochant de ton père et de ton oncle Hervé - que tu ne connais pas - qui habitait lui, à Espalion.

Puis est arrivée le désastre.

- Le désastre, tu entends quoi, Papi ?

- Ce que je raconte au début du livre, le point de départ, écoute-moi !

A Cahors, nous gardions tes cousins la dernière semaine des vacances de Noël et ça s'est mal passé avec Angela, la femme de Hervé. On retrouve la chronologie dans « La Coquille Bleue ».

Puis il y a eut l'escalade, la plainte, les flics. J'ai passé des années à longer les murs, souhaiter qu'aucun abruti ou pervers fasse une connerie, j'aurais été en première ligne des investigations policières, le premier suspect. Je n'aurais pas supporté l'humiliation.

Tu te rends compte, accusé sans raison, sans preuve. On a jamais su pourquoi ils s'étaient déchaînés contre nous, enfin, contre moi. Tous les deux solidairement ont porté plainte, pas de parade, pas de solution pour se sortir de ce guêpier, si... le temps.

Mais je suis convaincu que c'est cela qui a provoqué la maladie de ta grand-mère en 2007, elle qui ne disait jamais rien, qui me protégeait... toujours... dans la bienveillance.

Papi Tze eut de la peine à finir sa phrase.

- Mais Papi, mon père, vous, vous n'avez pu rien faire ?

- Je vais te dire, à l'époque, c'était un sujet sensible. Il y avait eu des scandales reliés par les médias. Les rumeurs avaient détruit des familles. Le moindre fait risquait de prendre une ampleur, une publicité qui débordait tout le monde. Alors, profil bas jusqu'à l'insupportable.

Profil bas pour Mamie, profil bas pour toi et ton père, profil bas pour notre entreprise, nos amis.

Et ton père ? Eh bien, lui, après la séparation avec ta maman, tu sais, il a dû se mettre à l'écart du scandale, gérer son deuil. Ta maman l'avait quitté, puis disparaissait dans un accident de la route. Rajouter de la peine à la peine, ça suffisait.

Avec Mamie Line nous avions passé de belles années et voilà que ce séisme nous emporte. Puis ce maudit cancer s'est déclaré... Jusqu'au bout elle s'est bagarrée... tu sais... elle me manque.

- A moi aussi, elle me manque ! Elle se serra encore plus fort contre lui.

Conscient du bonheur que lui procurait son contact, de ces petites ondes qui lui avaient tant manqué, il en fut tourneboulé. Il reprit sa respiration et ajouta :

- Quand tout ces ennuis sont arrivés, je ne pouvais plus m'approcher d'un gamin ou de toi sans crainte. La peur que l'un de mes gestes d'affection soit mal perçu, la peur qu'une parole soit mal interprétée, la peur de moi-même, j'étais inhibé.

Les amis n'étaient pas loin, se sont beaucoup occupé de nous, de moi.

A la disparition de ta grand-mère, ils étaient toujours là, mais cette compagnie, toute cette bienveillance me saoulait. Mais il faut croire que cela ne suffisait pas. Les Raynal m'avaient soufflé le bonheur de l'écriture, alors je me suis lancé. J'avais peur, je me terrais. Je voulais rester isolé, ne voir personne. Puis au fil des mots, des relectures, du partage avec Pierre et Sarah, j'ai mis peu à peu ma peine de côté, passer au dessus de la calomnie, passer au dessus des affres de la justice.

Depuis que tu t'occupes de moi à l'hôpital, je progresse encore, suis de moins en moins timoré. Ta gentillesse, ta spontanéité... je trouve que je suis mieux. Grâce à toi, je retrouve encore plus de sérénité, de droit au bonheur en quelque sorte. Je te remercie Marion, vraiment !...

Il la regarda, les yeux humides :

- Je continue, je vais te raconter.

- J'avais retrouvé Marie, l'amie de Jacqueline à

Saint-André et c'est par elle que j'ai découvert les Reynals dont je viens de te parler. Un peu idéalistes, philosophes, érudites, de belles personnes.

Il s'étendit pas sur cette rencontre ne voulant en avouer les circonstances exactes. Puis :

- Comme je te l'ai dit, ils m'ont incité à écrire, mais dans le même temps ils m'ont permis de récupérer un bien que ta grand-mère avait toujours désiré. C'était une propriété sur le bord du village avec des terrains, qui était dans les mains d'un oncle par héritage et qui s'était opposé par bêtise à sa vente. Jamais il s'en était occupé sérieusement. Il l'avait mal louée et lorsque les derniers locataires sont partis, lui étant décédé depuis quelques mois, son fils l'a mis en vente immédiatement.

Des Belges en avaient commencé la restauration puis ont cherché un acquéreur. Pierre au courant m'a prévenu aussitôt et j'ai pu m'en rendre acquéreur dès 2010. Cette grande maison, une ancienne ferme caussarde demandait quelques ajustements, quelques travaux.

Alors, c'est vrai, j'étais mal et je me suis jeté dans les travaux. Alors, j'ai fait refaire le toit, vérifier les dallages, les planchers des greniers, etc... J'ai refait moi-même tous les murets, fait de nouvelles ouvertures, etc...

J'abrège, mais Sarah s'est alors chargé de la déco intérieure. Pierre me relayait lorsque, absent je ne pouvais surveiller les chantiers d'enduits, de peinture. Deux ans... ça a duré deux ans et demie.

Depuis lors, je loue cette maison en gîte. Marie

ou Sarah s'en occupent depuis cinq années. Mais !
Si je vois que cette maison vous plaît, elle est
à vous. Elle est grande, avec six chambres, trois
salles de bains, salle à manger, salon, bibliothèque,
lingerie, salle de jeu... du terrain, de quoi faire un
potager, manque plus qu'une piscine, mais le rocher n'est pas loin dessous.

J'ai tenu tout ça secret....

J'ai écrit ce petit opus un peu comme une
bouteille à la mer, je n'avais pas prévu qu'un
scénariste réalisateur s'intéresse à cet ouvrage.
Pierre non plus d'ailleurs.

Je n'ai jamais rien dit à ton père parce que je
n'étais pas sûr d'aller au bout du projet de réhabili-
tation de la ferme. Je suis sûr qu'il ne sera pas insensible à ce lieu, il doit s'en souvenir. La propriété
appartient à une S.C.I. pour permettre une pérennité, une transmission des parts plus facile, j'ai
déjà mis des fonds de côté pour les transactions.

Comme tu vois, je ne me suis pas ennuyé. Je suis
passé direct de la théorie des études de bétons à la
truelle, mais j'avais un peu moins de soixante dix
ans et j'ai le contre coup maintenant.

De toute façon, j'aurais tout raconté à leur retour, je vieillis, j'ai été malade, il faut que je passe
la main. Entre les reins, les poumons, je ne suis plus
aussi frais. Un peu fatigué, oui ! Mais je ne regrette
rien.

Je suis heureux, vraiment, d'avoir pu partager
tout ça avec toi.

Il sourit, déposa un baiser sur le front de Marion.

Marion n'en revenait pas, la voilà dépositaire d'un secret de ouf, comme aurait dit son frère.

- Mais Papi, tu n'as jamais rencontré, croisé mon oncle ou ma tante ? Ce disant, elle trouvait drôle de les évoquer, de les nommer ainsi, alors même qu'elle ne les connaissait pas.

Elle réalisa qu'en effet aucune photo ne traînait nulle part, tant chez son père que chez son grand père, que jamais personne n'en avait parlé au sein de la famille, réduite de fait à son père et Juliette, son frère et ses grands-parents.

- Je vais te dire mieux, je n'ai jamais su où ils étaient passés. Nous avions appris par hasard qu'ils n'habitaient plus Espalion, quelques mois après leur plainte. En même temps, je... nous n'avons pas cherché. Ton père non plus du reste.

Juliette, qui avait appris cela bien longtemps après, y avait longuement réfléchi. Elle en avait pensé, sans connaître Hervé et Angéla, puisque c'est leur nom, qu'il y avait derrière tout ça, soit un règlement de compte pour un ancien conten-tieux, soit une manipulation de l'un ou de l'autre. Ça restera un mystère, douloureux.

Tu sais, la calomnie, c'est...

Il ne finit pas sa phrase. Marion leva les yeux vers son grand-père, bouleversé, tout ému.

Elle s'extirpa du canapé et en se donnant un peu de contenance, histoire de « souffler » un peu, elle remplit à nouveau les verres.

- Veux-tu autre chose, Papi ?

- Ce bout de famille a disparu des écrans radars, mais Papi, j'ai bien deux cousins, non ? Elle en avait entendu parlé une fois ou l'autre indirectement, elle voulait quand même savoir.

- Oui, Nicolas et Julie qui doivent avoir un an de plus que toi, ou deux. Nicolas était l'aîné : deux ans. Quand je pense que cette gamine a été manipulée pour étayer la plainte, tu te rends compte, elle avait cinq ans tout juste... Je ne les aurai pas vu grandir, Line non plus...

- Bon, Papi, on parle d'autre chose : ce gîte, il est loin ? C'est facile d'y aller ?

- Heureux qu'elle ait pris l'initiative de passer à autre chose, il continua.

- C'est à une heure trente d'ici, ça tourne sur la fin parce qu'il faut grimper sur le causse à partir du Rozier. Tu verras, c'est un beau paysage, calme, et on entends les cigales...

Le téléphone se mit à sonner, ils se levèrent tous les deux, Marion fila à la cuisine, il décrocha.

- Oui, c'est bien moi, je suis sorti en fin de matinée. Marion est avec moi, elle me chouchoute..... Oui Adrien...Oui... ! Je lui en ai parlé, oui !... Bon, mais tu passes demain, d'accord ?.

Marion resta encore une bonne demi-heure. Elle lui mit en route une lessive, vérifia qu'il ne manque de rien. Papi aurait des visites le lendemain mais il insista pour qu'elle vienne quand même. Ils s'étreignirent affectueusement, l'un et l'autre heureux de cette agréable après-midi à partager ses secrets.

14   LE CLAN

BAZAS

A lexandre fit découvrir à Julie, « LOU SAB », un beau restaurant sur le boulevard des plages. Il lui fit goûter des « pibales », ces alevins d'anguilles très prisés ici, jusqu'en Espagne. Une nouveauté pour elle, préparées avec ail, piquillos, huile olive au piment d'Espelette ces pibales les avaient régalés.

Il n'avait pas quitté des yeux Julie, pendant cette dégustation au risque de laisser échapper quelques alevins bien luisants de gras sur son polo marine.

Il lui avait reparlé des jarrets bouillis de Constance et autre strudel, lui avait fait envie en lui décrivant le bord du lac ou ses parcs. Il lui avait même promis une semaine de vacances dans cet endroit si particulier.

Julie buvait ses paroles, ou lui glissait des « je t'aime » entre chaque respiration, chaque fourchetée. Elle fut prise d'un fou rire qu'elle dissimula dans sa serviette laissant Alexandre interrogatif.

- Pardon, Alex, pardon. Tu m'a regardé avec des yeux... j'ai cru que c'était le loup de Tex Avery devant Le chaperon Rouge au resto... N'empêche, je me ferais bien dévorer là, tout de suite... j'ai envie de toi.

- Respire, ma chérie, respire ! Les cafés arrivent.

Avec hâte, elle le but, brûlant. Elle reposa la tasse.

- Alex, je suis... je veux... je veux habiter avec toi !

Il se leva alors brutalement emportant dans la précipitation la tasse, la sous-tasse et le sucrier qui valdinguèrent dans le bac à fleur voisin. Il contourna la table et souleva carrément une Julie écarlate de sa chaise.

Il l'enlaça, l'embrassa, ignorant les clients du restaurant qui surpris à leur tour, restèrent silencieux, attentifs et envieux.

Fixant ses yeux noisettes, il sortit alors de sa poche une petite boîte rouge, estampillée Konstance, il ouvrit le couvercle lui déclarant un « Julie, veux-tu m'épouser ? »

Sortie de sa « torpeur », Julie joua le jeu, réfléchit une grosse seconde. Les clients figés étaient suspendus à ses lèvres, ils attendaient le mot de l' « happy-end »,

- Alors ! Elle va le dire ?

Elle le cria ce « Oui ». L'assemblée réjouie applaudit à tout rompre. Un couple de « petits vieux » proches de leur table s'étaient pris les mains. Elle, essuyait une larme d'émotion, de bonheur.

Oubliant toute pudeur, Julie se laissa aller dans les bras de son fiancé déclaré qui lui passa la bague au doigt.

Ils n'avaient pas vu arriver la Patronne, le Maître d'hôtel, le chef, les cuisiniers, les serveurs qui leur firent alors une « Hola » reprise par la clientèle et leur servirent le champagne. Alex glissa un mot au Maître d'Hôtel, et toute la clientèle profita d'une tournée de champagne aussi.

Ceux qui étaient sur le point de se lever durent se rasseoir. Julie et Alexandre trinquèrent à toutes les tables, comblés par des compliments spontanés. Ils se rappelleraient de cette soirée.

Ils se réveillèrent ce samedi à Chiberta, tout endoloris, le champagne mais aussi leurs ébats les avaient épuisés. Ils prirent la route vers les dix heures, Julie était impatiente de retrouver ses frères et sœurs, de présenter son « fiancé », inquiète aussi de son rendez-vous avec Barral.

Alex avait pris le volant, laissant Julie somnoler jusqu'à Gallière, à la reprise de l'autoroute qu'il connaissait bien.

Sur le coup de treize heures, ils passaient l'Avenue de la libération, la rue des Thuyas et arrivaient devant le portail de la maison familiale, la Clio des jumelles était déjà là. Nicolas était garé dans la rampe qui descendait au garage. Il stoppa derrière.

Julie tira son fiancé par la main jusqu'à la terrasse dix marches plus haut où tous se tenaient. Elle n'eut pas le temps de le présenter que Laura et Chloé s'étaient jetées sur elle. Chloé lui glissa à l'oreille un mot, elle hésita puis acquiesça.

S'en suivi une espèce de danse tribale surréaliste exécutée par des extraterrestres. Les quatre se mirent à chanter un : « Oualélé, en douceur. Douounia, biscotèque. Cling, ça fait comme ça... »

Alexandre et Sylvie se dévisagèrent, pantois, hallucinés. *« Tu vas voir qu'ils vont nous ficeler et nous jeter dans une marmite avec oignons et carottes, bouquet garni et cuisson à feu doux ! »*

A la fois émus et amusés. Un doute de la bonne santé de leurs hôtes les traversa jusqu'à ce que cessa ce spectacle d'enfants de CP.

Julie essoufflée prit la parole en les regardant :

- Bon, c'est un vieux truc, vous pouvez pas comprendre ! S'esclaffa-t-elle.

Nicolas reprit

- Bon, voici donc Sylvie ! Je suis Nicolas !

Et Laura, Chloé, nos sœurettes !

Julie, présente-nous ton ami !

Elle ne se fit pas prier et arborant sa bague avec fierté :

- Voici mon fiancé, Alex !

Nicolas n'en revenait pas. « *Elle avait bien caché son jeu ! La chipie* »

Il fut applaudi et assailli d'embrassades.

Après cette intégration à la volée, Nicolas rappela le rendez-vous à l'hôpital et tous passèrent à table. Les filles avaient fait des salades, Nicolas s'était chargé de faire sauter les ailerons de canard confits aux pommes rissolées. S'en suivirent une tome aux artisons qui chassa les mouches et un pastis landais de Bazas qui allait tenir au corps.

Il n'était pas chaud pour le rendez-vous avec le professeur - il voulait surtout rester avec les jumelles - mais comme Julie serait accompagnée, il fut décidé qu'elle irait seule avec Alexandre, cela satisfaisant toute la fratrie.

A quinze heures, Julie s'entretenait avec Barral et elle apprécia la présence de son Alexandre. Le professeur l'avait rassurée des bons soins que prodiguait le personnel hospitalier. Mais les échographies complémentaires avaient mis en évidence un hépatome métastasé aux lombaires. Plutôt pessimiste, il la tiendrait informée.

Remuée par son compte-rendu, l'angoisse l'avait submergée elle serra la main d'Alexandre, ils se dirigèrent vers la chambre de sa mère.

Elle toqua une fois, puis une deuxième, sentit bouger à l'intérieur, ils entrèrent.

Angela était allongée, légèrement surhaussée par un gros oreiller, le bras plâtré au dessus du drap. Elle s'approcha, lui déposa un baiser léger sur un front encore jaunâtre, reste de l'hématome provoqué par sa chute :

- Maman..., c'est Julie, maman... c'est moi, ta fille !

Aucune réponse, à la désolation de Julie qui lui fit une caresse affectueuse. Elle se penchait quand elle sentit un sursaut. (*Ah ! elle se réveille !*) Sa mère ouvrit un œil et se redressa.

- Mais laissez-moi tranquille, qu'est-ce-que vous faites là ? Dégagez !

- Maman, c'est moi Julie !

- Et toi là-bas, tu crois que je t'ai pas vu, t'es venu avec ta grognasse ? Fout le camp ! On veut pas te voir ici !

Elle fit des gestes avec le bras valide entraînant par terre, les câbles et tuyaux, et la moitié de la desserte. Ce qui eut pour effet de déclencher l'alarme au poste des infirmières.

Julie fut saisie par cette violence, sa mère ne la reconnaissait pas, ses paroles étaient prononcées avec une telle méchanceté... et Alexandre, saisi d'effroi en déglutissait. L'infirmière arriva en trombe et compris aussitôt. Elle prit à part Julie, lui expliquant que sa mère s'en prenait continuellement au médecin, aux aides soignantes, au personnel en général, souvent confuse, ou pas.

Julie ne resta pas une seconde de plus, entraînant Alex dans le couloir. Elle s'effondra en larmes.

- Ma mère va mourir bientôt, et c'est la dernière image que j'aurais d'elle... pardonne-la, elle t'as dit des choses...

- Julie, ça va, t'inquiète pas, je suis là, je serai toujours là. Il l'enserra avec bienveillance et passion essayant de la consoler.

Elle resta prostrée les premiers kilomètres du retour à Bazas, Alexandre tenant seul la conversation, elle se pencha enfin vers lui et avec les yeux encore brillants, elle le remercia. *« Ah, qu'elle aimait cet homme ! »* mais un sentiment de peur l'avait envahie.

Les scènes du film, les scènes du livre, la fiction lui revenaient en tête, elle en craignait la réalité. Et si tout cela était le filigrane de la vérité ? Sentant la nausée venir elle s'empressa de baisser la vitre de l'auto.

- Tu veux que je m'arrête, Julie ?

- Non, ça va ... ça va !

A Bazas , elle lui demanda faire un détour par le magasin de Claude, la fleuriste. Elle voulait un bouquet pour déposer sur la tombe de Louis, le mari de sa nounou.

Alexandre aida Julie à résumer leur visite. Pauvre Julie, elle avait tout pris dans la figure et cela les consternait. Nicolas et les jumelles s'en voulaient de ne pas avoir suivi leur sœur. De ne pas avoir vu peut-être une dernière fois leur mère malgré leursressentiments.

Julie se ressaisit :

- Bon allez ! On fait quoi maintenant ?

- Et si on allait en centre ville, répondit Laura. Vos fiancés ne connaissent pas Bazas comme nous, on va leur faire découvrir cette vielle bastide. Demain matin on a rendez-vous avec Tatie Gabrielle pour le cimetière, elle mangera avec nous. On ne s'attardera pas, on a tous de la route... Si on veut pas partir trop tard... Pour le moment, prenez les chapeaux !

Laura l'artiste, historienne improvisée du groupe leur fit faire la promenade complète de la Brèche et le musée de l'Apothicairerie, puis la Cathédrale. Sur les rotules, ils terminèrent autour d'une bière fraîche sous les arcades de la place.

Sylvie en avait plein les yeux. Pour elle, le tourisme était une option bien rare, tout juste si elle parvenait à découvrir les villages où elle faisait le marché. Là, elle avait fait le plein pour quelque temps, mais le guide avait été à la hauteur, elle ne regrettait pas. Alexandre avait posé tout un tas de questions, l'histoire locale juxtaposée à celle de son Béarn natal, l'avait beaucoup intéressé.

Il avait cependant été étonné de cette complicité qui liait ces frère et sœurs. Tout le long du parcours, soit ils se tenaient la main comme lorsqu'ils avaient huit ans, soit se prenaient par le cou se « bisouillant » les uns les autres.

Il avait apprécié leur gentillesse, leur prévenance spontanée, chacun à son tour venant lui adresser un compliment, ou voulant savoir un peu de son passé, qui il était, son métier et Sylvie subissait le même sort. L'un comme l'autre se prêtèrent à ce jeu avec une reconnaissance dissimulée. Ils les aimaient déjà.

En fin d'après-midi, le soleil s'était caché et

laissa tomber la fraîcheur. Le souper se fit à l'intérieur.

Alexandre découvrit que Laura se destinait au théâtre à Toulouse, que Chloé suivait un cursus d'ingénieur en environnement, et parla longuement avec le forestier Nicolas. Le grand-père d'Alexandre était abatteur, débardeur à chevaux, il connaissait un peu ce métier pour avoir passé ses vacances chez ces grands-parents à Lapuyade, en Béarn.

Sylvie céda aux demandes pour livrer les techniques de gavage des canards, au grand dam de Chloé, l'écolo de service, un peu végétarienne, un peu bio, un peu rebelle en général.

Ils devisaient de tout, de rien, quand Julie aborda sans le vouloir le livre qu 'elle venait de lire. Les jumelles l'écoutèrent avec détachement, soupçonnant un manque d'objectivité de leur sœur.

Laura, plus au fait de la littérature s'interrogea sur ce Peter Hayerson qui ne disait rien à personne. Alexandre avoua avoir cherché de la doc, mais sans succès. Il avait téléphoné à l'éditeur, à son secrétariat qui n'avait rien lâché. Julie lui fit des yeux d'étonnement :

- Tu me fais déjà des cachotteries ?

Tous en rirent, mais Chloé prit la balle au bond :

- Julie, tu as trouvé beaucoup de similitudes dans ce texte avec tes souvenirs, mais tu ne penses pas que c'est toi qui les as fabriqués ces souvenirs ?

- Je ne sais pas, je ne sais plus, c'est vrai que ce ne

sont que des détails qui m'interpellent, mais j'ai... une intuition, un truc qui...

Même Nicolas a trouvé un détail qui lui disait quelque chose, alors...

- Lequel ?

- Tu vas rire Laura : c'est cet ours en peluche avec un bouton de culotte en guise d'œil, ça s'invente pas !

- Julie, il doit y en avoir des ours en peluche qui ont perdu un œil, non ? Et puis, si ça se trouve, ton Peter « Machin-son » est un nom d'emprunt, un pseudo.

Julie abandonna la partie en glissant encore quelques mots sur les exemples, elle n'en dirait pas plus. Elle ne leur en voulait pas, elle comprenait. N'empêche !

Elle repensait à la réflexion de Laura, tout compte fait, il n'y avait rien de british dans cet ouvrage.

Chacun donna la main pour débarrasser la table, remplir le lave-vaisselle. Les lits étaient faits, les jumelles dormiraient ensemble, Julie et Alexandre dans la chambre dite matrimoniale et dans la parme, Sylvie et, Nicolas qui déclara :

- Rendez-vous demain matin à neuf heures, je m'occupe des croissants !

- Trop chouette, bonne nuit ! cria le reste de la troupe.

15   PETER HAYERSON

I ls descendirent à la queue leu leu, Nicolas avait poussé un cri de Tarzan les invitant
au petit déjeuner. Un réveil en fanfare qui cassait
les habitudes de Sylvie levée ordinairement par
les coins coins de ses palmipèdes. Ils n'étaient pas
tous égaux devant cette épreuve et l'auteur en fut
amusé malgré les yeux mitrailleurs de certains.

Mais les croissants étaient bons et la brioche
gasconne les conquit.

Dans une heure ils iraient au cimetière avec
Tatie Gabrielle sur la tombe de son mari Louis
décédé il y a six ans, Julie avait acheté les fleurs
la veille. Elle avait expliqué à Alexandre en détail
qui était Gabrielle, leur nounou, leur deuxième

maman, leur refuge.

- Deuxième maman ? avait-il demandé.

- La première, chéri, c'était notre père, réellement, quand il était à la maison il s'occupait de nous, prenait soin de nous, faisait attention à nous. Au contraire de notre mère, toujours occupée, ou avec ses copines, ou en cure de repos...

C'est pour cela, que tu vois les réticences, les réserves de mes sœurs, elles s'en sont détachées sans état d'âme. Tatie Gabrielle nous avait gardé plus petits et lorsqu'un imprévu arrivait, garderie, devoirs, courses, elle était toujours disponible pour nous. Papa pouvait compter sur elle. Heureusement qu'elle était là avec Louis, son mari menuisier. Elle faisait partie de la famille et restait toujours leur référence, leur point de ralliement, surtout aujourd'hui que leur père se trouvait en Suisse.

Ils retrouvèrent Gabrielle, toujours pimpante. Elle portait bien ses soixante douze ans, alerte et soignée dans une robe violette, longue et légère, un petit chignon serrait ses cheveux blancs. Elle s'installa à l'arrière entre les jumelles, Alexandre serait le chauffeur de ces dames.

Nicolas et Sylvie avaient donné un coup de brosse métallique au caveau des Cuerg, Gabrielle avait remercié de ce geste et reconnaissait bien là l'amour de « ses gamins ».

Julie avait préparé les « Spritz » dès son arrivée, Nicolas et Alexandre eux s'étaient protégés d'un tablier improbable décoré d'un énorme choucas aux couleurs grandiloquentes, ils s'occuperaient du barbecue. Les jumelles apportaient de quoi mettre la table, Sylvie papotait avec Gabrielle à l'écart de cette ruche en ébullition.

Alexandre avait horreur des barbecue, Julie le savait mais n'avait rien dit. En réalité, il n'était pas contre la grillade, mais !

Ce mode de cuisson est précis et demande une atten-tion sans fléchir, Hélas, le préposé au feu s'éloigne fa-cilement parce que l'appel de l'apéritif frais est tentant. Le plus souvent c'est la loterie : vous mangez, froid ou cru, ou carrément brûlé, et si le coup de vent a balayé les odeurs de graisses brûlées et vous a épargné, vous êtes heureux. Dixit Alex.

Alexandre donc, se tenait attentif, vérifiant sans cesse la bonne conduite des braises tout en suivant les directives de son chef improvisé.

Ce fut un succès, agneau grillé à point, tomates, aubergines et courgettes fondantes avec ce petit goût d'huile d'olive, c'était parfait. Mais après le plateau de fromage, un autre « succès », celui de Jo-seph Kaitlin, le MOF pâtissier de Bazas. Et c'est à ce moment-là que les espoirs d'intégration du nou-veau beau-frère furent sujets à caution. En effet on vit alors, distraitement, discrètement, notre Alex émettre des petits vroum-vroum en pouss-ant avec son index le sucre glace de sa part de gât-eau. Nicolas lui dit :

- Ça te manque les IVECCO ?

- J'ai toujours rêvé de conduire un chasse neige ! Répondit-il sérieux. L'assemblée éclata de rire et un brouillard de sucre glace submergea la tablée.

- Bienvenue chez les dingues ! ajouta Laura. Je vais chercher le café.

Ces facéties plurent à Gabrielle, elle reconnaissait là, une qualité de ses « gamins ». Ils étaient aussi bien capables de s'amuser de bêtises comme des enfants, de plaisanter, comme de prendre au sérieux ce qui méritait de l'être, mais toujours d'avoir le recul indispensable des adultes. Leur jeunesse avait été ponctuée d'évènements douloureux, mais ils avaient toujours fait face ensemble. Leur connivence, leur amour fraternel, le véritable amour pour leur père les avaient sûrement blindés, mais les avaient soudés.

Sylvie continuait « d'interviewer » Gabrielle lorsque Laura amena le café, c'est alors que celle-ci lui parla de l'épisode de Julie à l'hôpital.

Julie prenant « la balle au rebond » poursuivi :

- Tatie, est-ce que tu te souviens de notre arrivée ici. Parce que les jumelles sont nées à Bazas et papa ne nous a jamais parlé d'avant ?

Gabrielle resta silencieuse deux secondes et ajouta.

- Ecoute ! Non, écoutez tous ! D'abord, la conduite de votre maman ne me surprend pas, pour le reste, je dois vous confier un... un secret... disons-le, qui va vous éclairer sur le temps d'avant, pour ce que j'en sais en tout cas.

Alexandre se leva malgré les réticences de Julie, suivi par Sylvie, la discrétion les obligeait. Ils se retrouvèrent à la cuisine, ils prendraient de l'avance pour la vaisselle. *(Ces secrets de famille...)*

Gabrielle apprécia et continua. Mes enfants, j'ai sur le cœur un épisode de vos rapports chaotiques avec Angela. Rappelez-vous, votre père vous avait expédiés chez moi, en catastrophe, votre mère avait fait une crise de je ne sais.... Je vous avais gardé trois nuits de suite. Ça vous dit quelque chose ?

- Oui, j'étais en sixième, je me souviens ! dit Julie.

Les pompiers avaient récupéré votre mère en début de soirée. Votre papa est venu le lendemain matin vous chercher pour vous emmener à l'école. A son retour, il me laissa ce dont vous pouviez avoir besoin. Il était abattu, complètement anéanti, j'ai dû le consoler. Nous avons parlé des crises d'Angela, des crises de nerfs, de... elle buvait déjà à l'époque. Il m'expliqua alors, la vie intenable qu'elle lui menait. Il s'occupait de tout chez vous et elle toujours dans le reproche se mettait en travers de chaque décision qui pouvait vous concerner vous, lui, son travail ou la villa. J'essayais de lui remonter le moral. Il ajouta alors :

- Il faut que je vous dise, Tatie, un secret, un truc qui me ronge : vous souvenez-vous de notre arrivée dans le quartier ?

- Oui, il y a sept ans à peu près.

- Nous avons débarqué comme ça. En réalité, nous avons déménagé parce que nous avions la certitude que mon père avait eu une conduite condamnable, des attouchements notamment à l'encontre de notre petite Julie. Nous avons donc coupé les ponts du jour au lendemain. L'année suivante, nous avons porté plainte, carrément. Argumentant, certificat à l'appui, d'un comportement anormal de notre fille.

Quelques années ont passé, la conduite d'Angela, de plus en plus chaotique, malsaine, m'ont fait prendre conscience de son inconstance et de sa méchanceté gratuite. Elle n'aime personne, n'est pas vraiment franche. Je suis convaincu aujourd'hui, qu'elle m'a manœuvré, que tout était faux. J'avais abondé dans son sens, tu comprends : je l'aimais, je l'ai défendue, je ne pouvais pas me douter... J'ai porté plainte contre mes parents, tu te rends compte. Je leur ai soustrait leurs petits-enfants, je n'ai plus rien partagé avec eux...

Il sanglotait quasiment, il avait balancé ça comme ça ! Tel quel ! J'étais stupéfaite.

Il ajouta qu'avec le temps, il n'avait pu se résigner à reprendre contact, que l'urgence était se s'occuper de vous, de vous protéger alors d'une mère « frappadingue ».

Il y a eu d'autres épisodes pénibles et à chaque fois vous veniez vous réfugier ici. Souvent j'ai eu peur pour vous, mais votre père, jamais loin, reprenait les choses en main. Vous savez maintenant pourquoi vous avez été privés de vos grands-parents paternels Stéphane et Jacqueline.

Chloé tourna la tête vers son frère, blanc comme un carrare.

- Nicolas ?

- Papi... Papi Tze, on l'appelait. Répondit-t-il. Et mamie Line... Mamoune, ça y est, je me souviens. C'était resté dans un coin de ma mémoire. Ouah ! je n'en reviens pas !

- Tu as suivi Laura ? Oh ?

Laura gribouillait depuis un moment un post-it. Oui, oui ! J'ai bien tout suivi...

Mais maintenant, je vais vous en annoncer une bonne ! Répondit-elle, en lâchant brutalement le stylo sur la table.

Peter Hayerson, l'auteur du bouquin dont nous parle Julie, c'est l'anagramme de Stéphane Royer ! Elle leur fit passer le papier.

Un ange passa, un point d'interrogation, un point d'exclamation, aussi un point de pétrification entre les ailes. Ils se regardèrent, sidérés. *Julie avait donc raison, c'est hallucinant !*

Julie pensive, les deux mains sur le visage, leva la tête, atterrée.

Les bruits à la cuisine leur rappela que Sylvie et Alexandre faisaient la vaisselle.

Nicolas alla les chercher.

- Julie, l'avait bien « sentu », leur dit-il, *cachant son émotion et se donnant de la contenance derrière un faux participe passé,* elle l'avait bien « ressentu ». Il expliqua : pas de doute, leur grand-père avait bien raconté sa vie, son malheur.

Gabrielle s'en voulait d'avoir « sorti ce cadavre du placard ». Julie au contraire la remercia et l'embrassa chaudement. Une angoisse cependant la prenait et ça se voyait, elle se sentait à l'origine de la calomnie, elle sortit de la pièce.

Alex la retrouva mais ne voyant plus ses fossettes adorées - lui aussi était au fait des fossettes - il s'approcha d'elle. Julie était toute à ses souvenirs, des restes de larmes scintillaient sur ses joues. Elle s'était revue dans les bureaux de la gendarmerie faire coucou à son grand-père pendant que sa mère la tirait de force. Un souvenir douloureux maintenant...

- Je te vois venir, ma chérie, tu vas te sentir responsable. Non ! Tu n'y es pour rien, tu as fait partie de la manœuvre malgré toi, n'oublie pas ! Tu avais cinq... six ans.

Elle lui sourit et déposa un baiser sur ses lèvres.

- Je t'aime !

Chloé prit alors la parole :

- Ce n'est donc plus des suppositions, des coïncidences. On est convaincu des souffrances de nos grand-parents... Si on pouvait réparer... Ils auraient quel âge ? Soixante quinze ans ? On va les retrouver ! Et nos oncle et tante aussi, et notre cousine ! Elle eût soudain un regard triste, dans le vague, elle songea tout haut, faisant référence au livre : mamie Line n'est peut-être plus là...

Gabrielle, émue et surprise par autant de détermination lui donna raison et encouragea la fratrie à faire les recherches.

- Je ne serai pas d'un grand secours, mais au moins, je parlerai à votre père. Comptez sur moi !

Vers seize heures, ils firent les bagages. De longues embrassades ponctuèrent les au revoir, les on se tient au courant, les à bientôt au téléphone. Les à bientôt sur Facebook n'eurent pas d'échos, seules les jumelles s'aventuraient dans ce réseau.

Gabrielle leur fit un dernier coucou, fortement émue. Sans doute les verrait-elle de moins en moins souvent.

Nicolas et Sylvie amenèrent les jumelles au carrefour de Joffre/Libération où les attendait un covoiturage pour Toulouse, le même qu'à l'aller.

Julie en passagère, épuisée, heureuse, énamourée, se laissa conduire jusqu'à Chiberta.

16   JUIN 2019

MARION

Adrien Courtaud sonna au visiophone peu de temps après Marion. Elle lui ouvrit.

- Bonjour, et beh ! ça faisait longtemps que je ne t'avais vu, tu vas bien ? Et Michelle ?

- On pète la forme, ma belle ou presque, je te rappelle qu'on suit ton grand-père de près, alors, faut pas être trop exigeant. J'ai compris que tu l'avais bien soigné et que …vous aviez partagé des petits secrets, enfin petits, je me comprends. Tu sais, il a eu du courage pour supporter tout ça.

- Je me doute. Mais vous étiez là, vous deux, Jean aussi. C'est sûr, ça pas dû être drôle tous les jours. J'en reviens toujours pas. Bon, tu finis d'entrer ?

Ils passèrent au salon, Papi Tze les avaient entendus, ils les attendaient.

- Salut mon Adrien ! J'ai entendu que tu « pétais » la forme, tant mieux. Michelle toujours en voyage avec Université pour tous ?

- Oui, elle rentre demain soir, elle va être crevée après ses visites sur visites. Mais elle aime ça et leur groupe est sympa, alors, quoi de mieux ?

- Bon ! Alors toi, tu vas mieux. Tu nous as foutu la trouille tu sais ? Faudra lever le pied.

- Moi, j'ai terminé ! Fini ! Tout est en ordre, les travaux, la santé. Mes petits prendront la suite du gîte, s'ils le veulent. Pourvu qu'ils ne soient pas trop loin de moi ! Hein, Marion ?

- Mais non Papi, on sera là. Quand il peut, même Antoine vient volontiers. On t'aime Papi !

- Adrien était toujours ému quand il voyait cette gamine montrer sans pudeur son amour à son grand-père. Comme son frère d'ailleurs, elle ne s'était jamais départi de cette franchise, cette spontanéité envers Jacqueline ou Stéphane et ça lui donnait du baume au cœur.

- C'est un peu trop tôt pour l'apéro, dix heures viennent de sonner à la cathédrale, tu veux un café ?

- Oui, c'est bien !

- Sans te commander Marion, tu peux..

- Je m'en occupe et t'en fais un aussi.

Adrien interrogea son ami pour savoir comment avait réagi sa petite-fille. Comment ils envisageaient la suite.

- Elle n'est pas du tout contre son père, elle a bien compris. Elle a fait la part des choses, elle va mettre son frère au courant Et je suis quasiment sûr qu'elle va chercher à contacter ses cousins. Je trouve ça bien... après...?

- Tes petits enfants sont au poil avec toi, ils l'ont toujours été avec Line et toi, ils géreront cela sans problème.

Avec le café, Marion apporta des madeleines et des cakes qu'elle avait achetés plutôt à Joaquim, le boulanger de la place.

- Tu vois ! Toujours aux petits soins. Ses patients, c'est pareil ! C'est un plaisir de tomber malade avec elle !

- Papi, il vaut mieux éviter quand même ! En tout cas, tu as entendu le médecin. Cool ! Maintenant. Dis ! J'ai eu des nouvelles des parents, ils sont entre de bonnes mains, avec mon oncle. Ils se sont remis du voyage, quatorze heures. Mais demain ils remettent ça, ils vont découvrir la Mer de Corail. Je crois qu'ils vont faire de la plongée. Ils sont emballés, ils profitent.

Marion resta encore un peu avec les anciens. Elle prit congé alors qu'ils se préparaient à rejoindre le Restaurant des Voûtes, ils déjeuneraient avec Jean Laborde, leur copain ostéo.

17   LE PUZZLE RECONSTITUÉ

JULIE - MARION

C e lundi promettait d'être encore compliqué. Après avoir cherché les clés du garage où elle entreposait son vélo, elle crut ne pas arriver à l'heure à l'entreprise. Puis Julie se rappela avoir oublié le courrier du vendredi sur le bureau d'Alex, chez IVECCO V.I., elle dut déjà courir le récupérer. *Décidément ce serait le trek aujourd'hui !*

Il savait qu'il n'y avait rien d'important : aussi, Frédéric rigola-t-il de bon cœur, quand il l'apprit :

- Julie, ma très chère Julie, vous déconnâtes !

Confuse, repentante et malicieuse, elle se hissa à son niveau et lui fit claquer un énorme baiser sur sa joue mode mal rasée :

- Frédéric, je l'aime trop, je suis dans le gaz !

- Bon ! D'accord, mais tu as une heure pour aérer, on reçoit ce matin le Groupe Gelouest, tu te rappelles ?

- Oui, Pardon !

- Allez, file ! avait terminé Frédéric, comme un père à sa gamine. Il était heureux pour elle, il appréciait Alexandre et trouvait qu'ils formaient un magnifique couple.

A midi, Frédéric avait reçu ses invités à l'Euskady III, un restaurant pour repas d'affaire au top. Julie débattait encore de sujets juridiques avec un des partenaires de Gelouest au moment du café.

Elle était pourtant impatiente de partager avec Frédéric son week-end de fou. Les convives se séparèrent, satisfaits les uns et les autres des engagements commerciaux qui allaient profiter aux deux entreprises et leurs partenaires dont IVECCO V.I. que Julie avait valorisé. Des nouveaux contrats à venir, des remorques à louer, l'optimisme complet. Alexandre serait content.

Frédéric pria Julie de le suivre à l'entreprise pour faire le point à chaud. Une heure après, ils décidèrent de s'octroyer la pause méritée.

- Julie ! Alors, ce week ?

Elle se confia longuement, raconta son « repas de fiançailles » émue. Eberlué de la conduite de sa mère, Frédéric découvrit les dessous de « La Coquille Bleue » et l'encouragea à rechercher, lui aussi ses cousins. Il lui rappela alors la conduite d'un sommelier pendant le repas d'anniversaire d'Alexandre :

- Tu te souviens, comme il te zieutait, il avait l'impression de voir un fantôme !

Je m'occupe de chercher de ce côté-là.

Il lui prit la main affectueusement :

- Je suis vraiment heureux pour toi, Alex est un type génial, Aurélie est du même avis. On vous aime vraiment !

Elle resta un moment pensive, c'est vrai qu'elle était heureuse.

Ils décidèrent que la journée était finie. Un peu en avance sur des horaires habituellement chargés, pour une fois, ils débaucheraient plus vite.

- Tu viens à la maison, avant de retrouver Alex ? lui demanda Frédéric.

- Oui, avec plaisir, de toute façon, je le sais il va terminer tard, comme ça, je pourrai rejoindre mon appart., direct, j'ai des choses à prendre.

- Ton chat ?

- Non, lui, ce sera que Jeudi. Le reste, on verra comment je déménage, j'ai hâte.

Aurélie était sur le pas de la porte avec un sourire de trois mètres de large. Décidément, le bonheur de Julie était épidémique. Elle eu droit aussi au compte-rendu, elle aussi, trouvait bien d'extraire ce bout de famille des oubliettes.

- Au fait ! Je sais que tu déménages, veux-tu un coup de main pour les cartons. Et tu vas mettre tout ton mobilier chez Alex ?

- Oui, je te rappelle que j'habite un meublé, j'ai peu de mobilier en propre, par contre j'ai de la fringue. Il faudra que je trie, tu viendras avec moi ?

- Mais bien sûr ! Répondit-elle, sur le ton du skieur qui a vu une marmotte envelopper le chocolat dans du papier alu.

Elles firent un semblant d'emploi du temps pour définir les tâches dès ce week-end et Frédéric lui proposa de l'aider à tout transporter en un seul voyage avec le six mètres cubes de l'entreprise. D'ici là...

En réalité, Julie ne vit pas passer la semaine. Le travail avait été soutenu - certains des collaborateurs avaient commencé leurs vacances - les dernières réunions avec le comptable, ou les visios avec la maison mère..., pas de quoi s'ennuyer.

Le déménagement proprement dit d'Esope, qui en réalité ne manifesta aucun stress, passa comme lettre à la poste, il profitait maintenant d'un espace de liberté qu'il n'avait jamais eu auparavant : cent trente mètres carrés et un jardin où trois palmiers l'invitaient déjà à grimper. Esope avait adopté son nouveau maître en quelques minutes.

Julie en rapatriant ses dernières affaires, s'étonna de la facilité avec laquelle elle quittait ce quartier sympa, son appartement, son ancienne vie. Elle avait négocié sa fin de location avec le propriétaire sans difficulté. Elle avait trouvé un successeur à cet appartement, qui avait accepté de racheter la petite table et la penderie, et même un peu d'ustensiles de cuisine. Tout le monde était content.

Alexandre lui avait réservé une chambre pour qu'elle y installe son matériel informatique, ce serait son bureau, avec vue sur la mer s'il vous plaît !

- Maintenant tu es connectée. A propos, tu as avancé dans tes recherches ?

- C'est à dire que j'ai pas eu beaucoup de temps à moi ! Enfin je veux dire, je n'ai surtout pas eu la tête à ça. Mais semaine prochaine, je m'y mets. J'attends un coup de fil de mes sœurs qui auront peut-être avancé avec Facebook.

- Bon, ce soir on souffle, pizza tous les deux à la maison, ça te dit ?

- Oh oui, bonne idée ! Avec coquillage ?... Je t'aime ! *En fait, elle n'aimait pas vraiment la pizza, elle trouvait que c'était ennuyeux à manger, même très bien faite. C'était pas son truc. Mais pour son Alex...*

Il lui lança un baiser et commanda aussitôt avec son application Pizzkadi.

Dimanche fut un autre jour, celui de déménagement avec les copains, un seul voyage suffit et ils laissèrent les filles s'occuper du ménage : chacun son job ! A midi, tout était fait, débarrassé d'un côté, réorganisé de l'autre.

Alexandre avait planifié un piquenique sur sa terrasse à Chiberta, les copines avaient offert à Julie une marine pour décorer son bureau, Fred avait amené le champagne. Stéphanie et Annie, une grosse boîte de mignardises. Ils virent débarquer deux cartons d'Irouleguy rouge et rosé, accompagnés de leurs collègues, ceux du petit groupe du vendredi. Alex les ayant prévenus, dans le secret, de cette petite fête. Ils avaient laissé tombé tout projet de l'après-midi pour se joindre à l'amitié générale. De toute façon, qu'est ce qu'ils n'auraient pas fait pour Julie ? Ils l'adoraient. Ils trinquèrent à cette « fausse crémaillère » et au bonheur manifeste qui rayonnait de ces deux êtres charmants. Julie était aux anges.

Il faisait encore bon, la brise ne s'était pas encore manifestée, une bonne raison pour rester en bonne compagnie. Frédéric en chef de file organisa le souper aux chandelles moitié terrasse, moitié salle à manger, sono douce et ambianceuse, autour d'une piperade improvisée.

Aurélie avait dû courir jusque chez elle pour récupérer quelques œufs et les légumes qu'elle avait achetés au marché de Bayonne le matin même...Il restait encore du vin basque...

Quelques verres ou davantage, plus tard, Alexandre avait dit au revoir aux derniers amis, et retrouvé sa colocataire à vie.

Le lendemain soir, Julie contacta ses sœurs qui avaient déjà joué les « Martine mène l'enquête ». Chou blanc pour le moment, Facebook n'avait rien donné mais la piste de la maternelle à Espalion était prometteuse. Apparemment, elles étaient sur la trace de l'instit de la maternelle en poste à l'époque

De son côté Julie se souvint de Julien Calvette, le médecin qu'ils avaient croisé à l'hôpital avec Nicolas. Elle était maintenant convaincue. Sans aucun doute, il leur avait bien parlé pas de leur grand-père paternel. Elle resta sur sa faim, elle n'avait pu le joindre.

Frédéric, par contre, avait avancé et ce jeudi dans la matinée, il avait prié Julie de le rejoindre dans son bureau :

- Tu ne vas pas y croire : j'ai eu par Alex le numéro de téléphone de ses cousins restaurateurs, La table du Pottok. J'ai appris que le sommelier était maintenant à Bordeaux, au Taxiway à l'Aéro Club d'Yvrac. Et devine comment il s'appelle ? Devine !

- Je ne sais pas....non !? Ce ne serait pas... ? Elle avait les yeux noisettes en train de se « sorbétiser ».

- Si, Julie : il s'appelle Antoine, Antoine Royer.

- Ah ben ! Merd... Alors !

J'essaierai de le contacter ou tu t'en occupes. Comme tu veux.

- Merci Fred, merci ! Elle était émue et désorientée en même temps, mais dans son for intérieur, elle trépignait. « *Comment ? qu'est ce que je vais lui dire ?* »

Elle eut du mal à se concentrer le reste de la matinée. A midi, elle déjeunait avec Alex et partageait cette bonne nouvelle.

◆ ◆ ◆

Marion avait mis à profit ce week-end où elle n'avait pas de garde, pour remettre ses informations, ses sentiments, ses idées, ses espoirs en ordre. Sa semaine avait été si riche. Elle pu joindre malgré l'heure du service, Antoine, son frère sommelier. Elle le croyait encore dans le Pays Basque et en réalité, il avait déjà rejoint Bordeaux. Elle avait pris rendez-vous carrément avec lui pour une conversation qui promettait d'être longue, ce serait samedi soir après vingt trois heures. Elle avait préparé une fiche où tout était sommairement noté et annoté, elle en avait tant à lui dire.

Après sa journée de travail, *la plus grosse de la semaine,* Antoine s'était pressé de rentrer chez lui. Il habitait à cinq minutes de scooter, en colocation avec un collègue serveur, dans un petit pavillon du quartier des Tabernottes. Son portable vibra alors qu'il rejoignait sa chambre.

Marion, pile à l'heure, commença, surexcitée son résumé des épisodes précédents.

Il s'efforça d'enregistrer le débit rapide et continu d'informations de sa sœur. Au fur et à mesure, il était estomaqué, incrédule, éberlué, ahuri, perplexe. Quand elle s'arrêta enfin, un blanc lui permit de se ressaisir. Il souffla :

- Marion, c'est toi qui aurait dû écrire un livre !

C'est tout vrai ? C'est tout de même incroyable ! Le livre, le film, les confessions de Papi, alors là ! J'en ai pour une semaine avant d'avoir digérer tout ça. Et tu me dis que tu as déjà des pistes ?

Je te suis, bien sûr ! Retrouver tes cousins, c'est génial. C'est vrai que l'on a jamais parlé avec papa ou Papi… En même temps, c'est cocasse, et… si ils sont aussi tordus que…

- Antoine, commence pas ! On cherche, on trouve et on verra !

Son frère n'était pas un garçon aussi optimiste qu'elle. Plus posé, plus pragmatique, il la raisonnait souvent, elle qui partait au quart de tour.

- Je suis content de savoir en tous cas, que Papi Tze en soit heureux, mais je reste scotché !

Elle changea de sujet et comme d'habitude en mère poule, elle voulut tout savoir sur son job, son appartement, ses horaires, sa vie. Et comme d'habitude, Antoine se confessa, ne refusant jamais rien à sa sœur. Lui avouant même la surprise qu'il lui destinait : le brevet de pilote qu'il venait d'acquérir. Son métier lui permettait à la fois d'assouvir sa deuxième passion après les vins, et de pouvoir le rémunérer suffisamment. Cette passion étant fort coûteuse.

Il eut de la peine à trouver le sommeil, ressassant tout ce qu'elle lui avait confié. Une coquille bleue - *qu'il n'avait pu connaître* - l'avait hantait toute la nuit.

Quand le réveil sonna, il avait l'impression de sortir d'un rêve, tout ce que lui avait dit sa sœur revenait d'un bloc, il aurait aimé prendre encore quelques minutes pour gamberger à demi-réveillé. Il dut se faire violence, le dimanche est encore une bonne journée avec un service de midi rallongé, il fallait être à l'heure et opérationnel.

Pendant la semaine, sa sœur l'avait appelé plusieurs fois, déçue par ses recherches infructueuses. Il se voyait hélas, d'aucun secours. Jusqu'au jour...

Il était dans la cave voûtée du Taxiway, quand on lui demanda de répondre au téléphone. Il bougonnais presque.

- Allô ?

- Monsieur Royer ? Antoine Royer ? Bonjour !

- Oui, c'est bien moi ! Bonjour !

- Je vous prie de m'excuser, je suis Julie Royer, je cherche à rentrer en contact avec les enfants de Hervé Royer, est-ce que vous....

- Mais c'est moi, je suis son fils, ne me dites pas que... « La Coquille Bleue ? » vous aussi avez découvert...

Julie encaissa, *c'est son fils* ?Elle finit par répondre :

- Si ! C'est mon grand-père, l'auteur.

- Ah ! Ecoutez, je peux vous rappeler dans l'après-midi, là, je suis au travail, je ne suis pas bien libre de mes mouvements, je préfère vous parler en dehors.

- C'est d'accord ! Voici mon zéro six.

Julie donna son numéro de portable, excitée, impatiente, le cœur battant à cent à l'heure.

Antoine raccrocha, blême. Il remonta vers la salle du restaurant, il aurait pourtant avalé volontiers un petit coup de Saint Julien.

A dix sept heures, il déposa fébrile son scooter devant son garage et grimpa les trois marches jusqu'au perron. En deux secondes, il était dans la chambre et composait le zéro six de cette Julie.

- Rebonjour, Antoine Royer !

- Ah ! Je suis heureuse de vous entendre, je suis désolée de vous avoir dérangé ce matin.

- C'est pas grave, je travaille dans un restaurant et les services se prolongent. J'ai une coupure jusqu'à dix neuf heures. Alors, comme ça, on est cousins ?

- Oui, et même germains. Je suis trop heureuse de te parler.

Julie avait passé le cap du vouvoiement qu'elle avait craint. Elle raconta comment elle avait découvert « La Coquille Bleue »... le secret de famille. Comment elle l'avait retrouvé.

Il la laissa parler, ne pouvant s'empêcher de penser à sa sœur, le même débit, la même volubilité.

Ce n'était donc pas un fantôme qu'il avait vu au Pottok, c'était la cousine de sa sœur, elles se ressemblaient tellement, il n'avait pas rêvé !

- Il raconta à son tour, brièvement comment par sa sœur il connaissait le livre, comment cette fiction incroyable croisait l'histoire de son grand-père dont il découvrait un côté occulté jusqu'à la semaine dernière, pourquoi il n'était pas le frère biologique de Marion, sa cousine. Il enchaîna sur leur vie à Rodez, et comment il avait atterri à Yvrac.

Comme un puzzle, les différentes infos s'emboîtaient parfaitement et la discussion dura plus d'une heure. Il était tourneboulé.

- Nous devons absolument nous retrouver, c'est trop bien ! Note mon e-mail.

- Je suis bien d'accord, alors à bientôt ! Cousine ! Il avait appuyé ce dernier mot comme ça, sans réfléchir, mais avec bonheur.

Antoine repris son service du soir, il avait eu le temps d'envoyer un SMS à Marion : « Accroche-toi, je viens de quitter au phone notre cousine. Ils nous ont retrouvé, c'est super ! Je te rappelle plus tard. Biz biz ! »

Encore plus fébrile, il écourta sa fin de service et encore dans son vestiaire, appela sa sœur.

Trente minutes chrono, c'est le temps qu'il passa à échanger avec Marion, assis sur un tabouret au bout du couloir des vestiaires, disant bonsoir d'un signe de la main, à tous ses collègues quittant l'un après l'autre le restaurant,. Elle avait sauté de joie en apprenant qu'elle avait deux cousines jumelles de plus, ignorées de Papi Tze. Lui aussi serait étonné. Elle était plus nuancée lorsque Antoine lui confia l'état de santé de sa tante hospitalisée, elle aurait même préféré ne pas entendre parler. Marion fut aussi épatée par l'anagramme de Peter Hayerson, *c'était bien là encore une facétie de son grand-père, malgré la gravité du sujet, .*

18 ECHANGES

TOUS , BAYONNE -TOULOUSE - RODEZ - BORDEAUX

L aura pestait devant son ordinateur qui ce jour ramait comme jamais, elle n'avait pas pu croiser ses suppositions avec de véritables infos concrètes concernant Peter Hayerson. Aucune trace nulle part. Dépitée elle se cala au fond de son siège de bureau quand son portable vibra.

Une Julie en transe lui déballa tout ce qu'elle avait appris, Laura resta sans voix - *en même temps, elle ne risquait pas d'en placer une.*

- Allô ?...Allô... ? Tu es là ?

- Oui oui ! Je respire, je..! Alors on va se voir, c'est cool !

- J'ai son e-mail, je me charge de faire un petit mot à tous et voir comment on peut se retrouver, éventuellement on essaie sur Skype. Je te bise.

Alexandre et Julie avaient vécu ces derniers jours à l'heure des découvertes, des rebond-disse-ments, Julie centralisait et redistribuait les e-mails. Parfois la culpabilité la faisait douter du bien fondé de ses efforts pour rassembler tout le monde, Alex était là pour la remotiver mais surtout lui ôter ses pensées malfaisantes.

Elle avait toujours du mal à se sortir de cette idée, avoir été l'« alibi » d'une plainte ig-noble, d'une manipulation exécrable. Une bles-sure ouverte qu'elle n'arrivait pas à refermer. Alors il la prenait dans ses bras, la convainquait ou la consolait.

Papi Tze pendant ce temps avait repris ses habitudes, ses promenades avec entrain. Marion l'avait tenu au courant de ses recherches, puis des contacts qu'avait eus Nicolas. Il sentait arriver le dénouement de son histoire, de leur histoire. Il avait assez souffert et à son âge, rêvait d'une fin heureuse

Il était partagé entre la peur et la joie, et... ne détenait pas à lui seul les fils des retrouvailles, de la réconciliation. Alors il proposa à Marion un pro-jet un peu dingue, mais pourquoi pas ?...

- Marion, envisage la chose suivante : si le gîte est libre après le quinze août, je t'ai assuré qu'il était assez grand pour recevoir tout le monde : propose leur de venir quelques jours. On a plus d'un mois pour organiser ça. Qu'en dis-tu ?

- Et pourquoi pas ?! Je tente, on tente !... Mais, les

parents... ? Je ne les ai pas mis encore au courant, ils n'arrivent que dans huit jours.

- Attend qu'ils rentrent, tu les mettras devant le fait accompli, j'en prends la responsabilité.

- Mais ton autre fils ?

- Tu veux savoir ? Je souhaite de tout cœur le revoir, tirer un trait sur cette calomnie une fois pour toute ! Alors, pas de problème !

Ils partagèrent quelques idées pour l'organisation. Il avait insisté pour prendre en charge tout les frais de déplacements et autres. Les parents pourraient loger chez Pierre et Sarah...

Stéphane appela Marie, son neveu détenait le planning des réservations.

Marion put ainsi envoyer un mail à Julie qui le renverrait aux autres, à son frère.

« A tous ! Nous allons nous voir, nous découvrir grâce à Skype prochainement et je m'en réjouis.

Mais dès maintenant, regardez vos agendas ; cochez si cela vous fait envie, si cela vous est possible, la semaine qui suit le quinze août. Papi Tze nous attendra pour quelques jours, au Gîte de Saint-André, son gîte : « la Maison de Line ». Il prendra en charge vos déplacements... Les parents pourront coucher chez ses amis.

Qu'en pensez-vous ? Je vous embrasse. » Marion

Elle avait ajouté un lien pour partager des photos, et les coordonnées du gîte.

Le soir même, elle avait une réponse avec les adresses, les numéros de portables, des photos en pièces jointes et des smiley ne faisant aucun doute sur les envies et le bonheur de ces prochaines retrouvailles.

Il ne fallut pas longtemps aux filles pour se confier leurs petites histoires personnelles. Le plus extraordinaire c'étaient la facilité, la spontanéité, la confiance, l'amitié sinon l'amour avec lesquels elles le faisaient. Et les garçons qui n'étaient pas en reste s'associaient aux mêmes plaisirs de partage.

C'est cela que Papi Tze avait relevé lorsque Marion lui fit le compte-rendu quelques jours après. Entre temps, son fils Bruno et Juliette étaient rentrés d'Australie, enthousiasmés par ce pays, les personnes qu'ils avaient côtoyées.

Ils étaient restés perplexes, déstabilisés par le résumé des épisodes précédents. Marion leur raconta « La Coquille Bleue » et ses conséquences. Deux nièces de plus, un mariage sans doute pas très loin, une propriété en Aveyron, un fils aviateur sommelier, le retour certain d'un frère « banni ».

Qu'y aurait-il encore dans le chapeau d'Harry Potteroyer, né Hayerson ?

Ils n'en étaient pas revenus. Bruno, conscient que cela aurait dû venir de lui, apprécia que ce secret ait été enfin dévoilé. Finalement c'était le bon moment, ses nièces avaient l'âge, comme on dit, ça tombait bien. Il avait eu une longue discussion avec sa fille, elle ne lui en voulait pas bien entendu, heureuse de ce dénouement. Il avait peur de sa propre réaction au retour probable d'Hervé son frère. Marion au contraire lui montra sa forte intention de l'accueillir dans la famille.

Juliette était aux anges, comme libérée d'un poids, elle était maintenant impatiente de les rencontrer tous. La « Coquille des secrets » venait de lui livrer en sus celui de son fils aviateur, *jamais elle aurait pensé...*

Elle se souvint et comprit alors pourquoi à sa sortie d'école hôtelière, il avait désiré aussitôt travailler. L'indépendance pécuniaire lui donnait toute liberté sur ses choix de vie, de loisir, même si eux-même « n'étaient pas loin », *mais il avait bien caché son jeu le vaurien !* Elle en exprima tout à coup une certaine fierté.

Stéphane avait rameuté tous ses copains, criant à qui voulait l'entendre sa joie de réunifier sa famille. Pierre s'en était ému, sa « bouteille à la mer » avait donc échoué au bon endroit, dans les bonnes mains. Jean Laborde serait là. Sarah comprit l'importance de cette réunion et avec Marie étudia comment recevoir tout ce monde. Les jeunes seraient logés au gîte avec leurs parents, les amis de Stéphane, chez les Reynals. Les repas pourront se dérouler au gîte, entre le préau et la grande salle, il y avait suffisamment de place et la cuisine équipée correctement. Mi-août il ferait encore chaud, elles mettraient en route le frigo stocké sous la voûte du sous-sol. C'était une organisation de congrès, de séminaire, une idée de « fou » tout court, avaient-elles confié à Pierre. Mais elles le feraient !

A Bayonne, à Bordeaux, à Rodez, à Toulouse, à Millau, à Saint-André, le temps passait à toute vitesse. Chez les uns, le transport, la mécanique suivaient la baisse d'activité saisonnière.

Mais chez un autre, les services succédaient aux services, il fallait déboucher, goûter, faire goûter des crus à un rythme soutenu.

Certaines étaient en vacances proprement dites, mais Laura faisait une tournée avec son groupe de théâtre amateur et Chloé un job d'été dans une enseigne de bricolage.

Marion toujours au poste engrangeait quelques jours de repos d'avance en effectuant des remplacements.

Nicolas mettait les bouchées doubles au milieu des pins.

Mais tous s'étaient organisés pour rejoindre Saint-André le dix neuf août et y rester quelques jours.

Julie et Alexandre récupéreraient, les jumelles à Toulouse. Nicolas et Sylvie viendraient tous les deux, Antoine atterrirait à l'aérodrome de Millau Larzac, son père viendrait le récupérer. Il n'y avait qu'une petite heure de transfert.

❖ ❖ ❖

Julie échangeait souvent des mails avec son père, ce jour-là, elle avait pris l'initiative d'une lettre à son père. Après l'accord de son frère, des jumelles, les encouragements d'Alexandre, elle s'était décidée.

<< Papa,

J'espère que tout se passe bien à Lausanne, ton nouveau job, tes nouveaux amis. Tu vas être surpris de voir que je sais écrire avec un stylo mais l'importance du sujet est à la hauteur de mes efforts pour abandonner un instant la technologie.

J'ai découvert il y a peu, un film, puis le livre qui avait servi de support, racontant une histoire, « juste une histoire », dont certains détails m'avaient interpelée. En même temps que moi, une jeune fille, Marion, a lu aussi ce livre. Par un coup de chance, j'ai pu me mettre en rapport avec elle et avons parlé longuement et échangé des photos par Whatsapp.

J'étais à Bazas avec Nicolas et les jumelles pour régler quelques soucis à la suite de l'hospitalisation de maman. Tu sais que le cancer du foie l'a gagnée et ce que l'on peut appeler sa folie, aussi.

Tatie Gabrielle nous a reçu gentiment comme toujours et nous a confié dans une conversation autour de notre mère, la manipulation, ce « secret de famille » que tu n'avais pas voulu nous dire lors de notre escapade au gîte de Lavelanet. Je, nous, lui sommes reconnaissants, même si nous sommes persuadés que tu nous l'aurais avoué un jour. Nous avons compris comme tu avais dû souffrir, pourquoi tu étais si attentif, protecteur avec nous.

Nous avons découvert ainsi que l'auteur du livre n'était autre que notre grand-père. Son livre « La Coquille Bleue » est une fiction quasi autobiographique où j'avais reconnu ou ressenti ces bribes de souvenirs.

Avec Marion, ta nièce et son demi-frère Antoine avons décidé de nous retrouver tous dans une maison près de Millau que Papi Tze (puisque c'était son surnom) a restaurée.

Tu dois être stupéfait et inquiet de ce courrier. Le contentieux avec ton père est si douloureux. Nous aimerions tellement que tu nous rejoignes, que nous découvrions ensemble le reste de la famille, que nous retrouvions notre gran-père.

Je sais l'effort que je te demande. En quelque sorte, je te mets au pied du mur, te demande de tourner la page. Mais papa, on t'aime tellement, on voudrait partager ça avec toi. Nous attendons tous ça !

J'espère de tout mon cœur que tu le feras. Je t'aime très fort, mon papa. >>   *Julie*

◆ ◆ ◆

H ervé avait lu cette lettre entre les deux portes du couloir de son agence. Désorienté, presque hébété, il courut retrouver son bureau. Devant la baie vitrée offrant un des plus beaux panoramas sur le Lac, il espérait souffler, prendre un peu de recul et il en ressentait le besoin. Sa fille ne lui laissait guère le choix et elle avait raison. Il s'était mal conduit. Et depuis qu'il avait eu conscience de s'être fait manipulé, il aurait dû l'assumer et s'en ouvrir aux siens. Aujourd'hui, oui ! Il était bel et bien au pied du mur comme lui avait écrit Julie.

Regardant fixement les Alpes, il laissa se brouiller sa vision et laissa couler des larmes de regrets, des larmes amères.

Alors il se redressa et appela sa fille.

Julie apprit ainsi que sa mère avait rapidement éjecté de leur cercle les propres copains de son mari, mis fin à des relations extra-professionnelles sans qu'il réagisse.

« ... et moi comme un con, j'ai rien dit. Je n'ai pensé qu'à protéger votre mère, enceinte alors des jumelles

Puis elle est devenue de plus en plus aigrie, jalousant tout le monde comme si elle avait été victime d'une injustice. Je l'ai faite soigner « *entre guillemets* » mais soignée de quoi, personne savait.

Longtemps après, j'ai eu dans mes clients, un Fournier, que ton grand-père a bien connu et côtoyé, ingénieur chez Structuracier. Il se rappelait qu'un Fradin licencié de sa boîte pour harcèlement avait fini dans la rue, et retrouvé mort un matin de décembre à Aubenas, le seize décembre deux mille, deux mois avant notre départ éclair de Cahors.

Cet homme, ingénieur aussi dans le bâtiment

- section armatures aciers - avait dû apparemment solliciter papi pour un emploi. Ça devait aboutir, puis finalement n'as pas donné suite. Cet homme était le mari de la tante d'Angela. L'évènement dramatique était passé inaperçu, la famille restant des plus discrètes.

Dans un de ses nombreux délires, j'ai entendu son nom et ce qu'il représentait pour elle. Son deuxième père, comme elle disait. Sur le coup, ignorant, je n'avais pas connecté, je n'ai pas fait la relation, commençant à être habitué à ses crises, à sa méchanceté.

Tu comprends la haine qu'elle a pu développer envers la société de ton grand-père et lui-même. Elle a voulu lui faire payer ! Tu te rends compte, elle lui en voulait alors qu'il n'y étais pour rien. Elle a voulu le détruire, l'anéantir ! J'ai été son complice, j'ai rien vu et après... Pardon Julie...»

Julie était restée quelques secondes sous le choc de cette confession. Elle lui avait fait promettre de venir à Saint André et lui avait renouvelé son amour.

- Je t'aime papa !

Elle partagerait tout cela avec sa fratrie...

19   17 AOÛT 2019

A SAINT ANDRÉ

Stéphane débarqua chez les Reynals, le samedi matin, la gorge serrée, la boule au ventre, les frissons partout, non qu'il put être malade, fatigué. Mais plutôt inquiet, stressé. Marion l'avait pourtant « conditionné » avant son départ ; l'échéance lui faisait subitement peur. Pierre et Sarah l'entourèrent, son stress retomba un peu.

Ils firent le point, tout était prêt et finalement ce challenge leur avait beaucoup plu.

Jean Laborde, Adrien et Michelle logeait donc chez Pierre et Sarah, Marie n'était pas loin, Ils avaient tous bien donné de leur personne.

Préparer le gîte aussitôt après le départ des derniers locataires n'avait pas été une mince affaire.

Tout avait pris des proportions hors normes par le nombre de couchage, le nombre de repas prévu, la qualité des hôtes, ils devraient être à la hauteur de l'événement pour leur ami.

Marion arriva dimanche après-midi alors qu'ils prenaient ensemble le café dans la pelouse, chez les amis éditeurs dont elle fit alors la connaissance. Embrassades, compliments furent suivi de mots amicaux de satisfaction pour son idée de réunir toute sa famille et grâce à son grand-père, de le faire ici à Saint-André.

Ah qu'ils étaient heureux pour Stéphane !

Impatiente, Marion voulut visiter « La Maison de Line », Papi menait la marche, tous suivaient.

A moins de cent mètres, au bas du village, cette imposante bâtisse au toit de lauzes trônait sur trois niveaux. Très ressemblante à celle de Pierre, on y accédait par un grand portail en fer forgé ou une petite porte adjacente en bois peinte d'un vert pâlichon. Une grande cour où le rocher naturel servait de dallage enserrait sur son angle, un puits rond en pierre encore en service, petit toit en lauze sur ses deux murets, seau en tôle suspendu à une corde enroulée sur le cabestan en bois que l'on pouvait tourner avec une grande manivelle forgée, tout y était.

C'est là que Adrien raconta que sa belle-mère était tombé dans un puits. *(Silence de mort)*

- Alors je lui ai lancé une bouteille de whisky et lui ai crié : Attrapez belle maman, ça vous remontera !

Il partirent d'un éclat de rire. C'était du grand Adrien, il avait eu droit à un coup de coude de sa femme.

Ils grimpèrent le grand escalier de pierre amenant jusqu'au balcon, sous lequel se dissimulait en partie le sous-sol voûté. Des escaliers taillés dans le rocher sur le côté de la maison permettaient d'accéder au terrain qui prolongeait la grande terrasse orientée sud ouest en arrière de cette vieille ferme.

Lorsqu'on avait franchi le balcon, de grandes portes s'ouvraient sur un vaste vestibule distribuant toilettes, cuisine, salle à manger, salon, deux chambres et salle de bain, et une montée d'escalier permettant d'atteindre le deuxième étage. Les murs en pierre étaient impressionnants par leur épaisseur, le premier étage formait avec son supérieur une nef de pierre que partageait un plancher rustique en chêne. Un escalier de même facture menait aux quatre chambres immenses et deux salles d'eau, de quoi loger une colonie.

Les meubles, à part les deux chambres du bas restées dans leur jus rustique des causses, étaient modernes, les revêtements à la chaux colorés égayaient l'ensemble, les larges fenêtres laissaient avantageusement entrer les rais ensoleillés, l'ambiance était paisible, avec de bonnes ondes. Peu de bibelots, gîte ouvert à une clientèle oblige, mais de grands cadres mettant en valeur de belles acryliques pastorales.

La salle à manger ou une cheminée en acier

à double foyer la séparait du salon, donnait par de larges baies sur la grande terrasse où tronaient deux grandes tables protégées en partie par un préau et un auvent sur pieds avec une quinzaine de chaises. Au delà, un gazon qui avait souffert du soleil estival s'enfonçait vers des mûriers, chênes pubescents et buis. Au bout, le rocher rehaussé d'un muret ou courrait un lierre squelettique, limitait alors la propriété, derrière, la ruelle du four banal.

Marion fut ébahie par cette demeure, elle avait parcouru les pièces sans cesser de lâcher des oh ! des ah ! d'émerveillement, avait aimé le petit coin bibliothèque, adoré la cuisine équipée d'un fourneau aux poignées en laiton brillant. Arrivée sur la terrasse elle fit une grosse bise à son Papi :

- T'es trop génial !

- Ça te plaît ? Tu remercieras nos amis, sans qui je n'aurais pu y arriver.

Un portable vibra, le gruppetto de Toulouse arrivait, il montait la côte du Rozier.

- Il sera là dans un quart d'heure. Papi sentit son cœur le serrer et détourna la tête pour cacher des yeux brillants d'émotion. Ça *allait être dur !*

Puis ils entendirent la cloche d'entrée, relayée par une sonnette gong. Du balcon, ils aperçurent Bruno et Juliette.

Bruno n'était pas revenu à Saint-André depuis quinze ans mais avait reconnu le village et ses quelques maisons nouvelles. Arrivés par le bas, ils étaient monté directement vers l'église qui leur offrait un beau panorama. Ils avaient garé leur auto et bras dessus, bras dessous, avaient rejoint « La Maison de Line » en passant devant le four banal.

Bruno ne s'attarda pas, laissant Juliette étourdie par l'œuvre de son beau-père, il devait aller chercher Antoine à l'aérodrome et cela lui demanderait une petite heure.

Il s'était dit « *ca va être dur !* », effectivement ! Stéphane s'était replié sur Juliette et Sarah lorsque « Toulouse » arriva. Avec l'émotion grandissante qu'il ne put cacher, il laissa monter Laura, Chloé et Julie jusques vers lui sur le balcon. Marion lui avait montré les photos de ses cousines, il les reconnut sans difficulté. De leurs côtés, elles découvrirent cet homme grand, se tenant droit, le cheveu blanc et des gros sourcils cachant un regard bleu énigmatique et réellement troublé, leur Papi, Papi Tze.

En serrant dans ses bras Julie, il se rappela... cette petite choupinette derrière la vitre du commissariat... il pleura alors à chaudes larmes.

- Ça va aller, Papi, ça va aller ! Elles l'entourèrent, le cajolèrent, se laissant elles aussi à des pleurs de joie, de reconnaissance.

Julie hoquetant, appela Alexandre resté à l'écart au bas des marches et le présenta à son grand-père. *Depuis le temps, qu'on lui en parlait de Papi Tze !*

Papi le toisa discrètement et l'embrassa comme les autres. Alexandre apprécia ce geste, troubléz.

Marion sortit de la cuisine pour accueillir à son tour ses cousines, elles avaient conversé souvent et longuement, mais les voir là, devant elle, elle resta figée une grosse seconde.

Du revers de la main elle essuya ses yeux humides, elle les embrassa chaudement. Alexandre reconnut alors les traits qui avaient trahi les regards insistants d'Antoine au Pottok. Ce que Frédéric avait bien analysé... *on dirait sa sœur...* Il se laissa adopter avec le plus grand des plaisirs.

Passés ces moments intenses, ils se regroupèrent sur la terrasse, faisant la connaissance des éditeurs écrivains de Papi et des Cortauds et Laborde. Sarah se rapprocha de Stéphane et lui glissa affectueusement :

- Pas facile hein ?

- Bon Dieu non ! Mais je suis tellement heureux ! ... il ne put ajouter un mot.

Le gong vibra encore, Pierre laissa tomber le service des boissons qu'il s'apprêtait à accomplir avec l'aide de Marion. Elle en profita pour remettre un pli cacheté à Julie.

- C'était dans la boîte à lettre hier matin. Lui dit-elle.

Pierre souhaita la bienvenue à Nicolas et Sylvie qui se présentèrent et se joignirent à eux.

Un peu plus tard, Antoine, le dernier cousin arriva avec son père, et on se releva, et on se représenta, et on s'embrassa, et on se « re- émut »... Stéphane avait toujours les sourcils en bataille, les yeux au dessus de valises bleutées, le nez au milieu des épaules, méconnaissable, éreinté, soit ! *Mais Bon Dieu... qu'il était heureux !*

Manquait...

Ils allaient dîner tous ensemble à l'extérieur, la soirée promettait d'être encore chaude. Marie et son neveu avait préparé des salades, du carré d'agneau en gelée, de la ratatouille froide, des fromages, des pâtisseries, des figues fraîches...

Julie s'approcha d'Alexandre, lui mettant sous le nez un courrier que Marion venait de lui remettre. Elle avait reconnu l'écriture de Frédéric ; elle ouvrit l'enveloppe avec enthousiasme.

Une carte postale de Biarritz, signée de tous les copains, Aurélie, Frédéric, Claire, Patricia et autres... lui souhaitant de belles retrouvailles. Bouleversée encore un peu plus, c'est tout juste si elle entendit son grand-père les priant de s'installer.

- Le buffet permettra de dîner sans protocole, debout, assis, à plat ventre, faites comme vous le voulez, vous êtes chez vous.

Encore le gong ! J'y vais !

Stéphane descendit quatre à quatre les marches, se retrouva dans la cour en deux secondes, fébrile, il ouvrit la porte de bois et se trouva nez à nez avec Hervé.

Saisi, surpris, il se figea.

Il était là !

Hervé, tout aussi immobile, le regardant fixement. *Un arrêt sur image.*

Stéphane ne l'avait pas revu depuis vingt ans. C'était un bel homme, il le trouva distingué, les tempes à peine blanchies. Des lunettes noires lui cachaient les yeux. Hervé les retira aussitôt et à son tour dévisagea son père.

Hervé décela sous ses sourcils épais un regard impitoyable, empli de peine accumulée, de rancœur, de haine.

Alors son cœur se serra, son visage trembla, incapable de prononcer un mot. *Un ange passa, hagard, triste.*

Puis il vit dans les yeux de son père, les larmes les envahir, le regard se faire moins dur, plus serein, plus tendre. Stéphane lui ouvrit ses bras présentant ses deux mains ouvertes, accueillantes, l'invitant à avancer vers lui.

Hervé fit le pas qui les séparaient et fondit en larmes :

- Pardon papa, pardon, je suis tellement désolé... pardon !

Stéphane le serra sur sa poitrine longuement, lui susurrant un « chuut... chuut... ». Hervé se rappela comment, enfant, son père le consolait et balayait du même « chuut » tous ses malheurs, comment ainsi on oubliait vite une contrariété, comment on chassait une colère, comment on passait à autre chose.

Il comprit alors que son père venait de le pardonner. Ils s'embrassèrent affectueusement., se sourirent.

- Papa, il faut que je te dise :

J'ai aimé comme un fou cette femme. Sans discernement, je suis rentré dans son jeu... J'ai eu peur, je t'ai haï papa, je ne pouvais... je ne voulais même pas risquer une conversation avec toi, je m'en veux...

Il avait du mal à s'exprimer, son père lui caressait l'épaule affectueusement.

- Chuuut... Julie m'a raconté...

Ils restèrent sans un mot, collés l'un à l'autre, Hervé sanglotait encore :

- Pardon Papa !..

- On en parle plus, mon fils, on en parle plus ! Allez ! Viens ! Allons tous les retrouver !

Chloé, curieuse, avait filé son grand-père et avait prévenu aussitôt sa fratrie, ses cousins quand elle aperçut son père. Ils s'étaient alors tous installés sur le balcon sans bruit, en voyeurs inquiets, espérant, se donnant la main, comme pour l'ultime prière. Les amis les avaient rejoint.

Stéphane et son fils, les bras sur les épaules l'un de l'autre levèrent la tête, les aperçurent. On entendit des « Yessss » de satisfaction, de bonheur, de joie.

Hervé encore tout secoué, découvrit la famille, les amis, se rappela de Marie, la bergère.

Stéphane se laissa chouchouter par Michelle et Adrien :

- Ça y est, c'est fini, je n'en peux plus, merci, mes amis, merci mille fois ! Toute ces années de travail pour en arriver là, grâce à vous, merci. Pierre, Sarah, Jean ! L'écriture, la folle idée ! Ma bouteille à la mer... Merci ! Nous allons passer une belle soirée. Allez, à table !

Il fit tinter la bouteille devant lui avec un couteau, l'on se tût.

- Merci, merci à tous, je vous aime ! *Il ne pouvait pas en prononcer davantage.*

- Nous aussi, Papi, on t'aime ! S'étaient écrié d'une seule voix les petits enfants.

- Santé Papi Tze !

Pierre et Sarah en furent bouleversés. Marie qui les avait rejoints en fut retournée de même. Jean, Adrien et Michelle, émus aussi envièrent leur ami, d'avoir des gamins aussi gentils, aussi... les qualificatifs ne manquaient pas. *Line devait voir tout cela, elle devait être heureuse et fière !*

Bruno avait posé sa main sur le bras de son frère et le regardait avec bienveillance.

- Ils sont bien, nos gamins ! ...

Le repas n'avait été qu'un brouhaha incessant de discussions, d'éclat de rires, de bonheur exprimé. L'amitié, la fraternité, l'amour n'étaient pas de vains mots !

Stéphane et ses amis prirent congé tard, très tard, la journée avait été épuisante, ils laissèrent les jeunes entre eux.

Les jours suivants, il leur fit découvrir ce pays particulier des causses, aux vallées canyons, aux rochers erratiques, à la fois sur la Lozère et l'Aveyron. Cela dura trois jours pleins et au gîte, chacun faisait sa part de travail dans une belle et spontanée entente fraternelle. Stéphane avait eu a cœur de les amener à Roques-Altes, il les avait fait vibrer en racontant ses premiers pas amoureux avec Jacqueline. Lui aussi avait vibré d'émotion.

Aujourd'hui était le dernier déjeuner, après quoi, chacun repartirait chez soi. Il leur avait parlé de la S.C.I., de la gestion et de l'avenir du gîte. A chaque fois il se trouvait face à un consensus qui entérinait ses idées.

Ils avaient dès lors, réservé pour la période des vacances de Toussaint, ce qui l'enchanta. Il s'était fait des centaines de photos certainement, Laura fut désignée pour les collecter et éditer un album.

Le séjour à Saint-André prenaient ainsi fin. Ils avaient appris des uns des autres ce qu'ils ne pouvaient connaître et garderaient une reconnaissance infinie pour leur grand-père.

Papi avait pris soin de donner à ses petits enfants et ses fils, un petit paquet cadeau (un exemplaire de « La Coquille Bleue » dédicacé d'un mot d'affection) dont le cordonnet doré retenait une étiquette avec le prénom de chacun. Il leur avait demandé cependant de ne pas l'ouvrir avant d'être chez eux, il y avait glissé à chacun un petit chèque.

Alors que Sarah amenait les derniers cafés et sentant une boule au ventre le tenailler, Papi Tze se retira un moment sur le balcon de pierre. Tout à l'heure, il devra leur dire au-revoir, les quitter pour un certain temps qui par avance lui paraissait infini, ne plus voir leurs yeux brillants de jeunesse et d'affection.

Il regarda au loin, les yeux embués, cherchant derrière les cyprès, les rochers de Roques-Altes, il songea... Il garderait à jamais dans son cœur, ces moments magiques et tant attendus, passés avec ses petits-enfants, ses fils, sa famille, ses amis...

La vie est loin d'être un long fleuve tranquille. Pour lui il avait charrié son lot d'incompréhensions, d'igno-minies, de peines, de désespoir. Mais il s'était accroché coûte que coûte à quelques îlots de bonheur...»

Plus loin, plus bas, il s'écoulait tranquille-ment...

EPILOGUE

La fraternité des retrouvailles ne se démentira pas, ils se retrouveront ainsi au moins deux fois, et leurs parents avec eux, chaque année au gîte avec le même bonheur.

Angela sera rapidement emportée par le cancer et dans sa folie l'année suivant les retrouvailles, ses cendres éparpillées (selon ses désirs) dans le jardin des souvenirs, comme pour ne pas laisser de traces.

Julie et Alexandre se marieront à Sare et le repas aura eu lieu au Pottok. Alexandre achètera un garage « Poids Lourds » près de Cambo, Julie travaillera avec lui après la naissance d'un petit Stephan.

Sylvie fera toujours les marchés et développera l'entreprise grâce à la vente en ligne. Nicolas continuera la gestion forestière et deviendra propriétaire de huit hectares de pins.

Antoine, toujours sommelier, toujours célibataire, toujours passionné d'aviation, travaillera à Carcassonne.

Marion devenue cheffe de service à l'hôpital de Rodez, épousera un homme délicieux, chef d'entreprise dans le second œuvre qui lui fera deux beaux enfants Emma et Victor.

Laura sera comédienne, directrice de la troupe de théâtre qu'elle créera avec son compagnon.

Chloé, ingénieure en environnement chez Véolia, sera en poste à Millau.

Tatie Gabrielle admise dans une maison de retraite à Langon continuera à recevoir les visites de ses « petits ».

Puis après avoir résisté aux différentes vagues saisonnières du covid 19, un jour de décembre, l'aide ménagère retrouvera Papi Tze assis dans son fauteuil, inanimé. Eteint quelques jours après son quatre vingt sixième anniversaire, fêté grâce à "zoom" partagé par tous ses petits.

Il avait dans les mains le "livre photo" des retrouvailles.

... plus loin, plus bas, la Dourbie continuera à s'écouler tranquillement.

Plus haut, beaucoup plus haut, deux êtres éthérés se donneront la main...

FIN

A PROPOS DE ...

Sous le pseudonyme de E. SAVARINO, en clin d'oeil à mon grand-père, j'ai écrit avec une certaine passion cette histoire.

Première expérience, j'ai relevé ce challenge avec beaucoup de plaisir.

J'espère que vous aussi vous êtes attachés aux personnages de "La Coquille Bleue"

ERIC JOUVE

le deuxième confinement Covid m'a permis de finaliser mon ouvrage
mais sans l'aide
    de Jean François aux conseils avisés
    de Cristian, Dominique et Françoise, mes correcteurs improvisés
    de Paul et sa critique décalée
    de Daniel, Danny et Jean Claude
et la patience de mon épouse...

qui sait si j'aurais été au bout...

Merci à tous

vous voulez partager avec l'auteur
émettre des critique...

jouve-savarino@ gmail.com